2012
春

種地書

蔡珠兒

目次

傻婆荷蘭豆

暖紅色瑪麗亞

馬場維修記

叮叮見聞

時間的逃犯

傻婆荷蘭豆

鄉原古統『麗島名花鑑・睡蓮』（局部）

挑燈夜耕

聽完歌劇，搭渡輪回島上，已近凌晨，卸妝盥洗後，鑽進被窩正待大睡，忽然想起一事，急急起身，披衣下樓，套上膠靴拿起鋤鏟，趕去後院。

農友文蒂送來一袋萵苣苗，我忙昏頭忘了種，擱在牆角幾天，怕要捂壞了。掏出一看，還好，苗身雖然垂頭，莖葉還沒喪氣，有得活。趕緊拎到菜埂邊，翻鬆泥土，耙出稜線，沿線挖出坑洞，一棵棵把萵苣嵌進去，掩土壓實，澆水保濕。說來奇妙，菜苗荏弱纖柔，摸在手心軟如緞帶，可是落地入土，竟也能站起來，彷彿一吸地氣，就有了腰身脊骨。

風寒惻惻，夜雨簌簌，一開始我還有點哆嗦，沒多久就渾身發熱，汗珠和雨絲披頭蓋臉，眼鏡水霧迷離。春雨如油，酥潤萬物，萵苣憋了幾天，現在正好舒枝展葉，飽飲雨露，一定很開心。

種完了，我清理手腳的汙泥，端詳新種的菜田，月黑風高，天昏地暗，島和世界都睡著了，只有這園子燈火通明，但又鬼祟無聲，好像在開什麼神祕派對。我在花園裝了好些燈，原是打算夜宴，開派對不必秉燭夜遊，摸黑玩樂，矇查查把醬油當成紅酒。沒想到，種菜倒先派上用場，挑燈夜耕，別有滋味。

不過，種地的滋味，一開始還真嗆。年初搬新家，我終於有空地種菜，喜孜孜買齊農具菜籽，入伙後已是立春，顧不得拆箱開籠整理家當，就去園裡幹活，揮起鋤頭整地翻泥。

啊呀，一上來就碰壁撞板。這地看來平坦柔順，多掘幾吋，卻硬邦邦紋風不動，鋤頭老是碰到硬物，鏗鏘作響，堅不可摧，難不成底下埋了金條銀磚？這下可發達了。使盡吃奶力氣撬出來，盡是斗大的石頭、牆塊、瓷磚和碎玻璃，寶藏沒找到，差點挖出古城廢墟，年分已久，不知是哪任屋主留下的裝修餘孽，沒得找人算帳，只好一邊挖，一邊罵罵咧咧。

埋頭折腰，花了幾天，終於把廢料清理完畢。繼續往下掘，問題又來了，下層多黃色黏土，成團結塊，膠實緊密如牛皮糖，把鋤頭都嵌住了，只好用鏟子挖出，逐一搗碎。氣起來，我丟下鏟子，索性用手抓，刨出來死命狠捏，想到陸游的詩，「老農手自辟幽圃，土如膏肪水如乳」，人家的土質像油膏，我這地，怎麼像陳年乾酪喲？

爛地總算整好，站遠一看，菜畦歪歪扭扭，巖巉不平，自己叉腰笑了一頓。但醜歸醜，終於能下種，我照著文蒂教的，把菜籽均勻灑落畦面，又把薄荷、香茅、九層塔和韭菜苗種在周遭，說是香辛味濃，可以驅蠅防蟲。

種好收工，灰頭土臉，手掌冒泡，但勞動有成，滿足踏實，晚上睡得特別香。

只是，半夜被什麼咬了，掙扎痛醒，胳臂裡彷彿有無數利齒，尖銳細碎，四處啃噬亂鑽，從肩胛一路咬向胸背，萬針穿心，酸麻刺痛難當。

天亮後，去菜園澆水，順手清除雜草，拔了一陣才想到，咦，怎麼都不酸了？昨晚的攻心刺痛，已像星光朝露，蒸發消散無蹤。而且這以後，幹活再累也沒事，呵呵，如果不是我有酸痛抗體，就是筋骨和神經都變粗，麻木了。

傻婆荷蘭豆

整地播種後，每天在田邊逡巡，顧盼自得。菜籽很快破土出芽，茼蒿粉青，莧菜霽紅，茴香清綠，芫荽油翠，豐頰胖腿帶嬰兒肥。還有鵝黃的「全美」小白菜，菜籽特地從台灣帶來的，香港白菜短腳粗梗，口感脆硬，不如台灣白菜柔膩油潤。

萵苣早已拔高，插枝種下的落葵和紅鳳菜，也已生根萌芽，都是我愛吃的菜，街市卻不常有，以後就自家現摘，不假外求。荷蘭豆是冬令菜，種得晚了，但抽長甚快，已伸出小小卷鬚，怯生生攀著欄杆。番茄、瓠瓜和茄子苗，也毛茸茸冒出新葉，我照人家教的，下花生麩催花肥葉。

還有木瓜和波斯菊，先用苗床播籽育芽，再移到菜園定植，木瓜栽在籬邊，和楊桃樹作伴；波斯菊種在菜埂邊，與甕菜茼蒿為鄰，將來紅綠相間，朱紫互映，就像富良野和峇里島的菜田，摘菜順便掐花，秀色兼且可餐，美滋滋啊。

愈想愈樂，我差點想把草坪改成稻田，自家種有機米，菜甜飯香，溫飽自足，還可欣賞青禾黃穗，豈不更妙？興沖沖跟他商量，他笑嘻嘻說，好哇，順便在水田放點魚蝦，養幾隻雞鴨吧。我就不吱聲了。

想得暈淘淘，現實很快揭曉。立春驚蟄播芽，清明穀雨前後，應該開始採收了，文蒂的萵苣已經「起心」，凝出粗肥的萵筍，怎麼我的還像Ａ菜，莖桿只比筷子粗；荷蘭豆雖然長葉開花，但枝條瘦得像牙籤。莧菜和茼蒿更糟，出芽個把月，依然呆滯矮小，嬰兒肥盡褪，變成滿臉風霜的老人精。

「唔得啊，太密了，要疏一疏。」

「泥太薄，落多Ｄ肥啦！」

「畦邊咁高，肥水不都外流了？傻婆！」

農友就是這個好，說話像菜心，爽直到底不扭擰。我趕緊下手急救，墊高田隴畦邊，狠心拔芽疏苗，又陸續施放肥料。豆餅骨粉早就下齊，洗米水和咖啡渣最滋補，當然澆埋下地，涓滴歸公；殘枝落葉也不放過，燒成灰可是肥土恩物。只恨遠水難救近火，我用廚餘做的漚肥，還得釀上幾個月。

果然有起色，菜苗逐漸豐潤，番茄開花，荷蘭豆結果，芫荽也能拔了，那香氣啊，沾手撲鼻，洗都洗不掉。半個月後，茼蒿可以採來煮麵，再過數日，小白菜終於夠炒一盤，我捨不得下調料，只以油鹽快火清炒，菜味濃冽醇厚，明明是極素之物，鮮腴卻勝肉味。

可惜太遲又太少，省吃儉用炒過兩三次，意猶未盡，茼蒿已經老熟抽花，小白菜被大雨泡爛，荷蘭豆慘遭蟲吻，枝葉被啃成蕾絲輕紗，我搶收到二十來枚豆莢，每枚郵票大，煮了湯泥牛入海，入了嘴渾然不覺。

總之，第一季成績單發下來，滿江紅，好幾科零蛋。莧菜死也不長，兩個多月還是幼苗；油菜才剛發芽，一夜被地蠶吃清光。唉，連菜都種錯，本來要種茴香（fennel）來包餃子，長出來才發現是蒔蘿（dill），不過將錯就錯，採來烤鮭魚、煮越南酸湯，滋味清新醒神，反倒有驚喜。

哼，我還有甕菜落葵番茄，黃瓜瓠瓜木瓜，等夏天再決勝負。成績爛怕什麼？這事是終身學習，永遠也沒法畢業啊。

犁庭掃穴，翻耕曬土，都虧有這兩位老兄相助。

舞孃殺手

穀雨之後，茼蒿都開了花，嬌黃金燦，和波斯菊嫣粉淡紅，隔田爭豔，引來翩翩蜂蝶，風光旖媚。可我看到粉蝶飛來，款款流連葉底花間，不禁發愁，哎喲喲，又要生出多少蟲子來。

今年晚春忒怪，白日濕熱如夏，黃昏突然淒風苦雨，蕭瑟似秋。我以為，天氣歇斯底里，蟲子困惑混亂，有礙繁殖生養，應該會少些吧。誰知困惑的是菜，不是菜蟲，落葵和茄子凍傻了，點穴般凝止不長，瓠瓜臉色蒼黑，辣椒骨瘦如豺。蟲子呢，反倒龍精虎猛，趁隙滋生，鋪天蓋地大舉來襲。

荷蘭豆最早遭殃，豆苗老葉都給啃了，等我發現，翠綠緞面已成透明輕紗，豆莢蜷曲起縐，心痛啊，我在株間翻找罪魁，是種褐黃條紋的毛蟲，下手一捏，濺出濃稠綠汁。以前洗菜見到菜蟲，還要用夾子鑷掉，現在氣急敗壞，哪管得那麼多，見一個捏一個，來兩隻掐一雙，格殺無赦。

捉了半天弄乾淨，第二天，見鬼了，蟲子好像復活回魂，不知從哪又冒出一堆，蠕蠕在豆上鑽孔。我繼續暴力鎮壓，殺到手軟，但這頭沒平定，那頭又騷亂，台灣小白菜也蛀了，滿葉瘡痍如破網，有的只剩脈梗，菜青蟲肥頭胖耳，大口大口啃得正歡。油菜被地下組織暗算，齧根斷芯，全軍覆沒，兇手是躲在土裡的小地老虎，嘿，我就來個犁庭掃穴，翻耕曬土徹底顛覆，讓鳥兒和陽光去收拾，看你還虎什麼。

然而顧此失彼，防不勝防，立夏小滿前後，蟲子愈發猖狂，連辛香的薄荷和九層塔都吃。吊絲蟲最討厭，把清麗的薄荷咬成麻婆，而且神出鬼沒，我翻找到眼冒金星，只抓到一兩隻。除了蔬菜，桔樹也中招，葉上有醬褐色的條狀物，乍看如鳥糞，但油嫩的葉芽已被啃殘，這個好抓，當然下毒手嚴打，掃蕩殆盡。

徒手肉搏不是辦法，人家教我自製殺蟲劑，用大蒜辣椒熬水噴灑，嗆得我眼淚直流，效果卻麻麻地，不知是劑量不對，還是蟲子變了種，不怕吃川菜，照樣活蹦亂跳。去查書上網，說可以用反光紙、黏蟲膠、苦楝精、蘇力菌什麼的，好，改天去種子鋪買個夠，全力迎戰夏天的瓜蛆果蠅，有殺錯，沒放過。

順便查查毛蟲，琢磨怎麼殲滅對付。原來黃紋毛蟲會變成紋白蝶，吊絲蟲會變成小菜蛾，菜青蟲會變成白粉蝶，而桔葉上的鳥糞蟲，原來是柑桔鳳蝶的寶寶，將來會蛻化成闊袖窄裳，黑紋紅花的舞孃，是島上常見的美麗生物，我還教過鄰居的小孩辨認牠呢。愈看愈心驚，沒想到自己竟是鳳蝶殺手，手上綠血斑斑，扼死多少大自然的舞孃。

靜夜自思，捫心有愧，問號如氣泡冉冉昇起。對付手無寸鐵，身無片骨的軟體小物，犯得著這麼兇殘嗎？殺心恨意，究竟因何而起，又從何而來？人家也是求生，跟你一樣混口飯，有必要跟牠爭食嗎？你有那麼多食物，麵包蛋肉蔬果魚蝦，還跟蟲子搶菜吃？牠又不能上館子，只能在菜園吃這個啊。

想是這麼想，第二天看到蚜蟲吃玫瑰，我想也不想，立刻捋掉捏死，誰叫牠不會變成蝴蝶。唉，只有遇到美麗的東西，我的良心才會出現。

紅鳳碧菱

種了三個半月，追肥加料，拉拔呵護，萵苣到底不成材，只顧抽花，不會結心，沒長出肉嘟嘟的萵筍，依舊是瘦巴巴的莖桿，折斷一看，裡面已經乾硬空蕩，寡情無心，猶如浪子，玩過頭又上了年紀。

只好全鏟了，劈成一段段，扔去做堆肥，呵呵，這一點，萵苣比浪子強。

敗多成少，老是槓龜，幾個月下來，我也習慣了，好在不等這下鍋，慢慢學唄，別的沒有，菜籽和時間，我可有大把吶。只是，朋友不時來問，等好久囉，什麼時候上菜開飯啊？

怪我膨風，地才剛種，菜籽沒發芽，就廣發英雄帖，到處吆喝叫客，說什麼「歡然酌春酒，摘我園中蔬」，結果等到夏天，依然青黃不接，有一頓沒一頓。

好不容易，菜可以採，朋友也惠然而來，把酒挾菜，終於嚐到收成的甜頭。捧上沾露滴翠，現摘現做的鮮蔬，舉座翹首以待，落箸紛紛如急雨，歡嚼快啖，風捲殘雲，我這農婦兼廚娘最樂，笑不攏嘴，差點飄起來。

紅鳳菜最可人，當初還沒整地開田，文蒂幫我插枝，隨意種在楊桃樹下，兩個月後已可採收，青芽紫梗，豐厚多肉，炒出來油亮潤澤，櫻紅汁液四溢，盛以骨瓷白碟，光豔照人。看著穠麗，吃來卻素雅，滑裡帶脆，有一股暖春的陽光酥香，混著雨後的青草味。

我怕淹蓋那微香，不忍用麻油，改下一小塊腐乳吊味，增益口感的亮度和厚度。仍嫌濃濁，老辦法，還是以油鹽猛火快炒，素顏本色，反而更好吃。後來僧多粥少，不夠炒，只好淋油醋做生菜沙拉，想不到鮮吃尤妙，芳甘多汁，脆嫩無渣，草香俐落清爽。

收成最好的是芫荽，油嫩柔軟，香氣濃烈。

朋友都說沒見過。可惜了，紅鳳菜色豔味好，又能補血補眼補骨，滋益養人，而且容易種，四時長青，剛健婀娜，不貪肥不惹蟲，簡直是蔬中極品，菜園君子。如此美物，卻藉藉無名，香港街市沒得賣，台灣以前有，近年也少見，沒人識貨，真替它叫屈啊。好在自家園子有，人不知而大吃，不亦樂乎。

薄荷也是好東西，酒足飯飽吃完甜點，沖一壺新鮮薄荷茶，沁碧清芬，最能消食去滯，漱齒滌心。而且是好玩的餐後餘興，挽個小籃，去菜園折枝現採，客人好奇跟來，幫手掐摘，馨香盈袖沾身，沖出來的薄荷茶，就更香美有味。

收成最好的是芫荽，也是隨手揮灑播下，數周已亭亭如青玉，拔起來高壯大棵，卻又油嫩柔軟，香氣濃烈，和市場賣的全然不同。只是太多了，送人後還陸續長成，又不能清炒，只好變著法子入饌。

香菜魚、香菜木耳、芫荽煎蛋、芫爆里脊、芫荽油餅、芫荽餃子、芫荽餛飩、芫荽咖哩雞、芫荽蛤蜊麵、芫荽蘑菇燴飯、芫荽皮蛋魚片湯……，後來我連起鍋爆香，都把蔥段改成芫荽，還是吃不完。而且天氣一熱，芫荽瘋長開花，氣味愈加狂野，果真是它屬名（Coriandrum）的希臘文原意，有臭蟲味哩。

芫荽餐終於結束，蒔蘿又快採收，當初我把它當茴香，種了上百棵，這下不知如何消受。唉，你要是不怕牙膏味，就來我家吃蒔蘿炒飯吧。

小咬

范柳原和白流蘇坐在淺水灣，流蘇嚷有蚊子，柳原說，「不是蚊子，是一種小蟲，叫沙蠅，咬一口，就是個小紅點，像硃砂痣。」倆人劈劈拍拍互打，笑成一片。

好個張愛玲，月色藤花算什麼，蚊蟲厭物也能旖旎性感，這才高招，表面是紅豔的硃砂痣，底下心癢難當，體膚相接，肉聲劈拍，未曾真箇已銷魂。要不，流蘇怎會「突然被得罪了」，站起來拂袖而去，分明心中有鬼。

沙蠅，從 sandfly 直譯而來，泛指吸血小飛蟲，淺水灣這品種應該叫 midge，中文正名為蠓，俗名小咬，粵語呼為蚊滋，細如微塵，無影無聲，所以英文又叫 no-see-em。唯其看不見，飄忽無蹤，更似心念倏變，百轉千迴。

此物雖名小咬，實則大吃，囓人神速陰狠，瞬間赤點紅斑，比蚊子還癢十倍，搔皮撓骨也止不住，令人跳腳抓狂。可是那當下，柳原和流蘇愛慾薰心，只顧拍打嬉戲，渾然不覺痛癢，曬昏了頭，反而乍見真情本性。

可惜，流蘇很快清醒，心思精刮，三下五除二算出蝕底虧本，頓時慾念全消，翻臉走人。我疑心，這也因為她剛從上海來，還沒見識嶺南蚊滋的厲害，癢起來翻波騰浪，有如奇毒入骨，愈抓愈癢，愈癢愈抓，終究把流蘇抓回現實，趁機溜走，免得扒耳撓腮，出醜虧大。

小咬噬血，雖可隔空傳情，媒合神交（嘿嘿，應該說「蟲交」），但牠抽佣太狠，居間剝削滋擾，卻也砸鍋壞事。請原諒我唐突佳人，但說起這小蟲，打死我也沒法浪漫，倒不是久未調情，疏於此道；實在是給咬慘了，滿腹悲憤，苦大仇深。

誰叫我天生惹蚊，又住在村野山郊，雖有草木蟲魚，風物閑美，但蚊蚋叢生，噆膚刺股，被整得抱頭鼠竄，遍體鱗傷。蚋就是小咬，比蚊子更難招架，此物逢濕孳生，春夏間多雨，尤其生猛慓悍，我站在路口等車，兩分鐘身中五六招，在郵局門口跟人聊兩句，被咬了十來口，身如火燎，且走且搔，狼狽不堪。

吸血就算了，可恨這廝吃得刁鑽，有肉不咬，專挑古怪部位，譬如肘彎、指關節、腳踝、耳輪、眉心骨甚至眼皮上，扒抓沒處使勁，更加癢不欲生。即便噴蚊怕水用驅蚊貼，牠總能在你身上找到淨土，趁隙入罅，大吃特吃。穿長袖長褲呢，除非是棉襖和鴨絨，不然牠也能透衣嚙人，紗窗洞眼就更來去自如，總之見縫插針，吃人夠夠。

小咬好亮，光天化日行兇，蒔花種菜更難倖免。有次我寫累了，趁天氣清爽去園裡翻土，沒有裝備就隨興上陣，掘了一會低頭拭汗，瞟到小腿泥星斑斑，定睛細看，媽呀，小咬密集如黑芝麻，一掌拍下血肉橫飛。晚上無事，在燈下細數，左腿五十二，右腿二十三，零星的就不贅了，反正遍地開花。癢了一星期，人家是硃砂痣，我是紅豆冰，而且從赤小豆變成蜜豆，又轉成北海道紅豆，最後是黑糖粉圓。體無完膚也罷了，我倒擔心貧血，而且會不會傳染腦炎什麼的？難怪我愈來愈笨。

流蘇癢不癢，張愛玲沒寫。生命原來是痛，漸漸地，卻只剩下癢，蠕蠕爬滿蚤子，咬心齧神，而且總是搔不到，這才難堪。

難以自拔

不行不行，得走咯，跟人約在文華喝下午茶，還得沖涼換衣，收拾頭面，再拔幾棵就停手吧。可恨這叢黃花酢漿，一路彳亍蜿蜒，上有飽熟之蒴果，下有匍匐之莖條，兩頭開枝散葉，禍患綿長不絕，須得順藤摸瓜，連根拔起，一舉殲滅。

但葉底根下，還有層層內幕暗盤，酢漿草的細莖勾結角頭，纏扯著草床的根系坐大，其下又有天胡荽，密密糾結，細軟無聲貼地潛行，其上則簇生葉下珠，亭亭蓁蓁，珠胎密結，快要呱呱落地，不拔哪行。啊呀，旁邊的水蜈蚣粗壯油亮，壓得草色憔悴蒼黃，不知吸去多少民脂民膏，當下揪斷命根，懲兇翦惡大快人心。

好咧好咧，拔完這撮就走，冷水麻土半夏滿天星；要遲到了，真的最後一棵，黃鵪菜藿香薊紫背草，唉怎麼又冒出一大片鋪地黍鯽魚草狗牙根……結果，我遲到半小時，才踉蹌趕到文華，髮如亂草，面似夜叉，拈起銀匙調咖啡，指甲還鑲著黑邊。朋友的臉色也黑了半邊。

天平座最要臉，連這都顧不了，分明有病，人家得花粉熱，我這是發草瘟。

以前在倫敦，草地單純乖順，只須推機修剪，蕪穢不生，偶爾抽出雛菊和蒲公英，輕粉淡白，我還不捨得拔呢。香港濕熱磽薄，我也知道草地不好養，但沒想到這麼難搞，豬不肥肥到狗去，草皮瘦巴巴，雜草卻瘋長，鮮怒肥壯，百家爭鳴齊放，滿園喧鬧叫囂。

有菜園，不能用除草劑，推剪也僅能去頂，不能根治，須靠人手逐棵拔除，於是我每天蹲在園裡，孜孜矻矻，拔到天昏地暗，渾然忘我，直到門鈴或電話響，一起身才發現腰如鐵桶，腿似鉛條，滿眼金星遍體紅豆。

可是應了門接了電話，回頭又繼續拔，中邪般無法自制，哪管晚飯沒燒，稿子沒交，工作清單還有二十六項比拔草重要，我就是停不下來，眼睜睜看著兩手穿梭上下，運指如飛，造反叛變不聽使喚，就像安徒生的童話「紅菱豔」，穿上紅鞋狂舞不休。非得等到暮色蒼茫，模糊難辨看不清了，才肯罷手，戀戀不捨收工進屋。

我何嘗不知此事荒謬。埋頭苦幹，汗涔涔折騰幾個小時，轉身一看，我慘叫一聲，差點昏倒，天哪，辛苦拔過的地，怎麼故態復萌，東一撮西一叢，滿滿的還都是雜草，跟沒拔過的差不多。難道雜草借屍還魂，趁我不察，偷偷又鑽回地裡復生？不對呀，撬出來的草還堆得老高，不是借屍，難道是異形，斬殺後能迅速長出，捲土重來？

難怪啊，有種雜草就叫「小返魂」，瑩綠柔弱如合歡，酷似同科的葉下珠，也一樣強韌難纏，揮之不去除之不盡，我每天拔到頭痛手軟。依我看，還有中返魂大返魂白花紫花黃花返魂，所有雜草都是返魂草，植物學應該另設返魂科，別稱要命科，拔起來要你老命。

但怪誰呢，明知徒勞無功，我還非跟它槓上，偏執成癖，走火入魔，而且愈陷愈深，難以自拔。草瘟一發作，連走過路邊和公園，我都會彎下腰，伸手想去拔雜草。家裡那個一把拽住我，搖頭說，嘖嘖，只聽過病態賭徒，居然還有病態草民哩。

他不知道，我這病態有多嚴重。每當俯首方寸，耽迷枝叢，在莠草雜稗裡，我卻能出神抽身，土遁到另個時空，那裡長風浩瀚，天河沸騰，星粒碎裂亂濺，火山與冰川嗤嗤相撞，過去和現在扭絞成團，寂靜亙古，自由無涯。

種地後園中，悠然見海天。即使辛苦，也是幸福。

紫花小院

暑熱炎炎，蟲豸格外生猛，瓜菜癩頭麻臉，黃瓜葉蜷曲結蛹，番茄枝雪粉點點，蠕蠕爬著粉介殼蟲。羅勒最慘，被咬得鼻青眼腫，缺耳爛嘴，粵語所謂「阿媽都唔認得」，體無完膚，沒法摘來做青醬了。

只有韭菜和香茅，因為氣味濃烈，倖免蟲吻，依然面目姣好，清綠肥健。夏韭老韌，不堪煮炒，香茅就好用了，可以烹煮，燒魚、燜肉、拌雞絲，更宜沖茶鮮飲，冰鎮香茅水加椴花蜜，喝來芬馨沁脾，五內剔透如晶。

茶喝完了，去菜園割香茅，經過草坪，目不斜視快步走——看了就要拔，拔了就上身，天荒地老沒完沒了。但翠色瀰漫，溢入眼眶，瞟到滿叢亭亭青禾，我頓時火起，還是給攔下了，這短葉水蜈蚣太猖狂，竟然長到小腿高，抽葉結穗張牙舞爪，小綠絨球迎風招搖，萬粒草籽蓄勢待發，不加制止，貽禍無窮。

拔草有難易，雜草分忠奸。水蜈蚣粗生，很快就蔓延成片，走莖一路潛行，清除費勁，且魚目混珠，酷似草坪主體的結縷草，要等抽花才明顯易辨，難度和奸度都頗高。唯一可取是香氣，有股杏仁混合香莢蘭的甜味，芬芳染手，久久不消。

地毯草和牛筋草也挺嗆，咬土深，根系粗韌，虯結難斷，要吃力才能拔出，好在葉形粗寬分明，難度和奸詐度不太高。葉下珠和小返魂還是多，神出鬼沒拔不勝拔，煩度甚高，好處是直通通，不會勾結拉扯橫生枝節，一棵到底擢之即起，算是忠的，難度和奸度偏低。

夏日雜草比春天好搞，因為少了兩大土霸，紫花和黃花酢漿草。這兩草既奸又難，刨拔不盡，耗去我大把春光。

黃花酢漿曲折迤邐，要查案般追根究柢，且須輕手細腳，以免觸碰果殼彈出草籽，反倒替它播種。紫花酢漿不蔓生也不結果，但更機靈狡詐，鱗莖深藏地下，以等比速度裂殖分櫱，須以薄刀或尖錐起底，挖人參般掘出主根。此事甚難，除了麻煩費力，還會傷到草皮，況且紫花迎面含笑，楚楚可憐，伸手不打笑臉人，躊躇難以下手。

見到通泉草，我也會放過，不是因它細緻纖弱，藍紫小花清麗動人，是勾起往事，憶起文學院的中庭小院。院裡有棵婆娑的印度黃檀，幾棵清瘦的山櫻花，小草地雜生著蛇莓、天胡荽、鳳尾蕨和通泉草，紅紫參差，隨興恣肆，和廣闊嚴整的振興草坪大相異趣。我上課走神，呆望陽光在草尖推移磨蹭，雨後在小院踱步，濕翠盈踝，草味沾身，看著含露的通泉草，我忖想它是否真能引水通泉。這中庭小院對我的薰陶教養，可能遠勝任何學分。

也因通泉草，我對其它玄參科，同樣開著淡紫唇形花的定經草、泥花草和藍豬耳，連帶愛憐，豁免不拔，甚至把一種也開小紫花的耳挖草，從野地移植到園中。

《草坪雜草圖鑑》說，雜草就是「長在不該長的地方」，然則是良是莠，該與不該，全憑偏見用事，主觀定奪。香茅原本是雜草，水蜈蚣是草坪厭物，卻也是消炎去瘀的藥草，如能榨成精油，必定馨馥可人。還有一支香、桑寄生、野葛菜、夏枯草……，幾乎所有野雜之草，都能清熱益人。

改變不了事實，就改變看法唄，雜草拔不完，我在想，除了香茅水，也該來熬青草茶，把草地當成藥草園，扭轉心念，就見不到蕪雜異類，也沒有該與不該了。

肥師奶

下午四點多，看太陽軟了些，去園裡幹活，翻土，拌肥，扦插地瓜葉。熱浪炙人，汗水像急雨，閃避不及，涔涔滲進眼睛，一陣滾燙刺痛。奇怪，汗水和淚水都是鹹的，怎麼眼裡有淚覺得酸，有汗卻覺得辣？

弄到天色深青，金星出現在西方，起身想收工，那金星怎麼就咕咚滾到眼前，我像棵倒栽洋蔥，頭重腳輕，天旋地轉，喝水沖澡冰敷後，還是滿臉通紅，暈糊糊有如豬油矇心。唉呀，中暑了。

大熱天，不能蠻幹，遂休耕，躲在屋裡讀書納涼，菜園處於半野放狀態。可憐南瓜和小黃瓜，因為我沒搭棚架，滿地勾纏亂爬，鬚藤到處摸索，黃花開在菜底和牆角，委屈而邋遢。這樣居然也結了瓜，陸續摘到幾條小黃瓜，形狀古怪，有葫蘆形，麻花形，股災走勢的L形，還有谷底反彈的V形，沒有一條直的。

去查書，又是老問題，肥分不夠。唉，我的進補增肥大作戰，什麼時候才能成功呢？

以前種萵苣不結心，種甜菜根變癩痢頭，莧菜長不大，茼蒿胖不了，都因土質磽薄，營養不良。島上本已礪磈，礫多壤少地肉薄，園裡又暗埋磚瓦廢料，清揀不盡，質地更瘠。園丁阿洛每次來剪草，見了我的菜田就咧嘴笑，我知道被他瞧扁了。

農友和鄰居都勸我，乾脆把舊土鏟掉，另買肥沃的黑泥覆上，但我就是不想。一來怕煩，鏟起來工程浩大，不知要挖多深；二來不服，農友在島上租地種菜，沒換土，照樣種得肥美青翠，人家行，我怎麼就不行啊？

於是就「找苦來辛」，展開漫長的土改革命。一開始心急，買來各種有機肥，大手筆亂灑，菜地不見紅潤起色，有幾次反倒壞事，把菜葉和番茄灼傷了。乃悟下肥如進補，要看體質虛實，這地瘦骨嶙峋，虛不受補，還是得慢慢來，用甘平溫和的家常補物，少量多餐，好生調養。

我弄來兩個有蓋大桶做漚肥，每天扔進菜梗果皮茶渣，密封栓緊，等它腐爛分解。這「肥」差不好幹，開桶蒸薰撲鼻，然漸入佳境，數月後色澤轉濃，深湛如釀，氣味也變清淡。

還有堆肥，把落葉和野草耙平，層層堆在園角的柳杉下，想到就去翻一翻，見到底層軟爛，長出白色菌絲，就澆點水拌點土，壓實了再捂。我這是亂做，既沒蓋布密封，也不管碳氮比例，有什麼堆什麼，所以熟腐得慢，渣滓也粗，但照樣能用。

我又四處張羅，去找有機好料，什麼都想榨出養分。人家說木糠好，我去跟裝修工頭套交情，要來幾袋刨木屑，燒灰摻攪在土裡。人家說蝦殼補，我去買幾斤來剝，把殼曬乾搗碎，埋入菜田。洗米水當然要留，洗魚洗海鮮的水也積起來，澆地灌園。

但還是比不過農友，文蒂去麥當勞要咖啡渣，又去隔壁的小島坪洲，跟漁民要來魚鱗魚腸，漚爛後下地，據說「肥到膨膨聲」。另一個阿錦更勁，她規定家人用尿桶，收集自家肥水澆菜。

這我就做不來了，難怪瘦田依舊，增肥無期。肥，這年頭成了髒字眼，但有些人講起來，聲調熱烈，眼睛還會發亮——沒錯，不就是菜園邊，我們這群「肥」師奶。

自食其果滋味好，不勞而獲的滋味，更好啊。

自食其果

種園大半年，有兩樣長得最好，一是前院的野薑花，薑苗是我去山溝挖來的，年頭種下像芥菜，初夏已高及人肩，碧枝翠葉，猗猗生姿，芒種後陸續抽花，滿院瑩白清芬，剪枝插在案頭，香雪飄溢，消暑生涼。

二是後院的芒果樹，也是初春移植，樹不大，莖骨細瘦，枝葉稀疏，看來沒精打彩的，誰知過年後迸出串串花簇，黃芯細蕊，招蜂引蝶，結出青豆般的小果，纍纍滿樹，讓我喜出望外。

可惜小果一路掉，到穀雨只剩二十來個，我每天早上去點數，看到又有一粒變成黃豆，心裡就一沉。由春入夏，歷經寒流、大風、烈日和暴雨，小果又噗噗掉了幾粒，幸而多半都站穩了，皮色由青轉紫，漸漸膨圓如彈珠，在樹梢高高翹起，看來神氣活現。

但淘汰賽還沒完，小芒果長到李子大，沒蟲沒雨好端端的，有兩顆突然泛黃，先後撒手墜地；過半月，又有一顆猝然跌落，含恨出局。小滿後大勢底定，總共留下十二個果子，愈長愈紅火，很快從櫻桃轉成胡桃，接著變成鴿蛋，然後又胖成雞蛋，原先翹起的枝條，早已低垂下墜，被果子拉彎了。

等到薑花怒放，有的果子已像鵝蛋，猩紅帶紺紫，掛在蒼青的葉底，垂手可及，特別亮麗顯眼，讓我風光了好一陣。親朋來訪，鄰舍串門，看到我的菜田通常不吭聲，走到這小樹旁，個個眼睛發亮，哇聲連連。

「哇，好靚啊！」「哇，你種得真好！」「哇，可以摘了吧？」

早咧，我還指望它像金煌，長到鴕鳥蛋大哩。然而從夏至到小暑，果子好像懶怠了，幾星期都沒啥長進，我幾次出門外遊，回來還是老樣子，十二個一顆不少，沒掉但也沒長，大的依然像鵝蛋，小的仍是胡桃。皮色也不見轉變，還是紫褐帶紅的關公臉，堅硬厚實，枝蒂緊牢，毫無熟軟的意思。

這樣又掛了一個月，直到園丁阿洛從菲律賓回來，剪完草跟我說，可以摘啦。果真，捉住蒂梗稍稍一擠，芒果就鬆脫離枝，掉在我手上，沉甸甸肥滿滿，硬實如冬瓜，頗有分量。擱在桌上供了幾天，把玩欣賞，等到香氣微露，果皮開始滲出黏脂，泛起褐斑，這才滿懷歡喜切來吃。

看它關公臉，又硬邦邦，沒想到切開來皮薄似紙，肉濃如漿，軟潤無渣，而又有豐稠咬感。果香清淡，乍吃不很甜，但幾口之後，就感到鼻舌間呼之欲出，有什麼在層層舒卷開展，從龍眼蜜、橘花、軟酪到鳳梨，香氣甜意，竟如川劇變臉，高潮迭起，複雜奇麗。

不是我老王賣瓜，這「在叢黃」的果子啊，跟外頭賣的芒果，真是不一樣。吃過的人都這麼說呢。

十二個芒果，長成的有七個，另五個始終胡桃大，竟也能吃，甜濃更甚，然剝皮去核僅夠一口，只能自奉。我把幾個大芒果用紗紙包好，一一綁上絲帶，得意洋洋拿去分送朋友，老是吃農友送的瓜菜，終於可以投桃報李了。

什麼「一分耕耘，一分收穫」，農藝如世事，哪有這麼簡單？芒果和薑花，我都沒怎麼打理，就是澆澆水，下點灰肥，差不多是天養的。比起辛苦種菜，翻土捉蟲，累到半死卻收成麻麻，種芒果簡直輕鬆愜意，坐享其成，耕耘和收穫之間未必有等號，更不是給一分得一分。

結論是，自食其果滋味好，不勞而獲的滋味，更好啊。

湯米有佛性

卵圓，硬實，甜潤，腴糯，厚核，多汁，皮醬紫而肉金橙，有蜜香和橘味，我家這芒果，到底是什麼品種呢？

敝帚都要自珍，敝園自產的果子，豈能吃得不明不白，當然要搞清楚系譜品種。當初去元朗的苗圃買樹，只知道這是棵「蘋果芒」，而且得來不易，老闆娘嬌姊很有個性，我想種的果樹，被她一一否決。

「葡萄？唔好啦，引蛇入屋呀。楊桃？咁酸，吃多了對身體不好。番石榴？爛溶溶，成日生蟲好煩啊。香蕉？嗄，你唔知蕉樹招邪惹鬼咩？芒果？唔得，生得太快，兩年三層樓高，黑懵懵遮晒光呀。」

家裡的園藝工程由她包辦，我還不能去別的苗圃買樹偷種，央求再三，嬌姊才勉為其難，挑揀了兩棵樹苗，一棵是俗稱「甜桃」的青皮楊桃，另一棵就是這矮腳的芒果樹。

打電話去問嬌姊，答案不出所料。「乜品種？傻女，咪係蘋果芒囉。好唔好味呀？好味就食多D啦，問咁多做咩啊？唉你地文人真係好得閒。」

別以為她兇，嬌姊爽朗坦率，土直可愛，只是她不明白，好味除了「食多D」，費心動腦「諗多D」，更加深䰀香濃。我只好上下求索，查找芒果專書和網頁，仔細瀏覽研讀，比對各品種的產期、果型、色香、皮核和滋味，看到眼花，終於找到這棵芒果的家世，啊，原來是湯米愛特金（Tommy Atkins）。

這湯米是美國種，佛羅里達的蘋果芒，因為強健耐放，宜於外銷，常見於英美果市，我在加州和倫敦都買過，棗紅美豔，滋味卻平凡，鬆軟寡淡的，也無香氣，和我家採的完全兩樣。奇怪，明明同一品種，為何風味相去甚遠？

我又去做功課，推敲出幾個原因：

一、湯米這品種不穩定，有大小果和甜淡不均的現象，地理和土質亦有影響。難怪我的果子有鵝蛋大，也有鴿蛋大，並不齊整均勻。

二、商業果園粗豪重肥，自家後院有機慢長，肌理滋味因而有別。

三、外銷芒果要青採，經過催熟和冷藏，色澤固然鮮麗，但壓抑窒悶，硬憋著無法熟成。自家的「在叢黃」高掛樹頭，日焙夜釀，霧滋雨潤，風味當然馥郁濃足。

所以吃完果子，又學了一課。只是芒果品種太多，光印度就有一千多種，風味特性各異，可以學的還多著吶。

印度是芒果的原鄉，四千年前就有了，英語的 mango，來自南印的泰米爾語（Tamil），我們說的「芒果」或「檬果」，即由此而來。但《本草綱目》上，卻遍找不到芒果，因為古時的中文，把芒果稱為「庵羅果」或「庵摩羅果」，是梵文 amra 的音譯，隨著中譯的佛經傳入中國。

芒果在印度很普遍，因而常見於佛教經典，《楞嚴經》、《維摩詰經》、《大智度論》、《大唐西域記》等，都提到這果子，然並非分辨品種名相，而是以小觀大，因微見著，從這家常近身之物聯想取譬，引喻悟性與修行。

芒果開花多，結果少，就像魚卵累累無數，成魚卻極少，所謂「魚子難長，庵羅少熟」，有如信仰與發心之難。芒果核厚韌堅硬，則像煩惱裹繞纏身，佛性有如核內幼芽，須攻破煩惱，穿透堅韌皮層，才能破殼而出。又譬如，芒果難以皮色判斷生熟，有外生內熟、外熟內生等四種樣態，恰如修行者的悟性與火候，無法以外表判斷，「沙門四種好惡難明，如庵羅果生熟難知」。

是這樣啊，我一路看，一路點頭如搗蒜。這講的不是佛理，其實是農藝和生態呀，原來種芒果，應該先去讀佛經。

老蔡種瓜

身長七十三公分，體重七公斤半，見到的都來掐一掐，抱一抱，呵呵，我說的不是小孩，是我種的瓠瓜。

晚春種下瓠瓜苗，有兩株欣欣向榮，攀枝引蔓開了花，到了夏末，卻突然枯黃萎死。我心痛不已，趕緊亡羊補牢，拿出在建國花市買的瓜種，一口氣全播了，菜園籬邊種了十來株，剩下兩株，隨手插在前院。

真是有鬼，我拚命呵護下肥，菜園的瓜苗就是無精打采，瘦瘦呆呆，反倒是前院那兩株，抽高怒長，肥壯活潑，等不及搭棚，它已經來勢洶洶，一溜煙爬上九重葛樹籬，伸藤吐鬚，開滿碗口大的白花。

開了個把月，都是空包彈，浮花浪蕊不見結瓜，秋分已過，今年恐難修成正果，不過滿樹白花，和九重葛交織穿插，甜白縹紫相映，吃不到瓜，當觀賞花木也挺好。

有一天，鄰村的朋友打電話來說，哎，昨天開車經過你家，那瓜愈長愈大啦。噢，什麼瓜？我連忙出去看，鏤花欄杆纏滿樹藤，枝葉深處，赫然垂吊一瓜，小腿粗長，水綠皮色，瓜身有深長瘢疤，想是一路長，一路被九重葛的尖刺擦刮而成，披荊斬棘，勇猛可嘉。這太奇了，瓜就在長在門口，我們每天進進出出，怎會視而不見，渾然不察？

一不做二不休，四下張望，抬頭又發現一條，低垂沉墜，觸手可及，啊呀，不只，西邊和樹頂高處，也各懸一瓜，共有四條哩。這下樂壞了，每天醒來，就到前院視察看瓜，隔幾天還搬梯子去量長度，喜不自勝。瓜從一呎多長，漸漸豐肥長到近三呎，小腿變成大腿然後成了牛腿，比冬瓜還長，龐然高掛，連路人走過都駐足觀望，嘖嘖稱奇。

去查書，這品種叫斗瓠瓜，又叫冬瓜蒲，我從沒在菜市見過，也許瓜農不等它長成，趁嫩就採了。我當然捨不得摘，留在樹上繼續招搖，看看到底能長多大。

由秋入冬，瓜藤還在瘋長，張牙舞爪，漫天跳竄，霸高位搶陽光，九重葛正值花期，被惹毛了，也回咬反撲，奮力伸展枝條，甩竿般拋向半空，你高我更高。瓜葛牽纏，雙藤交戰，紫蕊白花披頭蓋臉，荊條枝蔓怒髮衝冠，為了養瓜，我也不敢整枝修剪，前院遂綠雲罩頂，枝葉低垂披面，猙獰刺人。這倒好，萬聖節鄰居扮鬼扮馬，我家不必扮，虬結撩亂，活脫脫就像鬼屋。

以前看楊萬里寫瓠，還道奇峭誇張，「笑殺桑根甘瓠苗，亂他桑葉上他條，向人便逞廋藏巧，卻到桑梢掛一瓢」，如今才知，誠齋兄有啥說啥，如實報導，極其正確傳神，他那瓠還偷偷摸摸上樹，我這株明目張膽，更狂啊。

但時不我予，瓠瓜怕冷，寒流一來就蔫了，藤葉枯敗如殘荷。我花了番功夫，採下四條大瓜，自留一條，其他分送鄰居——早有人跟我討了。養了兩個月，還是牛腿長，皮色雖青，卻已木質化，刀槍不入，快要乾老成瓢了。可是瓜身直通通的，既長且窄，凹位平淺又沒把手，恐怕沒法子做水瓢。原來《莊子．逍遙遊》裡，惠子說的那個「五石之瓢」，拿也拿不起，舀也舀不進，真的有這東西啊。

老蔡種瓜，愈種愈發，真大哪。

瓜擱在廚房，朋友來品評觀賞，存影留念，玩了好一陣，沒打算吃。但我忍不住好奇，終於把它剖了，皮殼粗韌如柴，瓜籽大得像花生，內裡的白瓤卻豐軟如綿，飽含汁液，應該能吃啊。家裡沒斧頭，我用菜刀奮力劈開，砍到手痛，終於把瓜剁成塊，下排骨、淮山和蓮子，煲老火湯。沒想到，煲出來湯汁澄淨，有說不出的清甜，瓜肉也好吃，稠糯潤口，遠勝鬆泡泡的冬瓜節瓜。惠子啊，難怪莊子要訓你，這大瓢能賞花能看瓜，玩了半天還能煲湯，哪是大而無當？

他請人吃蒸鴨

鄭餘慶請人來吃飯，客人等到飢腸轆轆，才聽見他吩咐家僕做菜，「爛蒸去毛，莫拗折項」，拔了毛蒸得熟爛，可別弄斷脖子呵。來客滿心歡喜，相視而笑，美呀，午飯不是吃蒸鵝，就是吃蒸鴨哩。等了很久，飯菜終於端上來，「粟米飯一盂，蒸胡盧一枚」，嚇，每人一碗小米飯，一顆蒸瓠瓜！鄭餘慶吃得香，客人吃得勉強，沒幾口就擱下了。

冬日閒讀，在《太平廣記》看到這個，此事原載於唐代的筆記《盧氏雜說》，多方傳抄，流布甚廣，因此也衍生出不同讀法，挺好玩。

一、讀成教化。宋代的《太平廣記》，到底是官修類書，把這故事歸在「廉儉」類，當成道德啟示錄。

二、讀成笑話，是典型的反高潮，冷幽默。那群倒楣的客人，臉色不知氣得煞白，還是餓得發青？晚明馮夢龍的笑話集《古今笑》，也收了這故事，比較溫馨，說賓客「皆匿笑強進」，邊吃邊偷笑。

三、讀成食譜。南宋林洪的《山家清供》亦錄此事，正打歪著，當成一道菜譜，稱為「素蒸鴨」。

四、讀成史料，可以旁敲側擊，管中窺豹，推想當時的食風。鄭餘慶是個中唐的清官，從這故事可以看出，八、九世紀的華北，蒸鴨鵝可能是常見菜色，瓠瓜則是普遍家蔬。

這當然不是新發現，一千多年算什麼，瓠瓜是極古老的植物，三千年前的《詩經》，早有多篇寫到，有各種名稱和用法，瓠、匏、壺、廬，說的都是它。埃及和印度也有，可以遠溯到七八千年前，然而古人種這瓜，主要不是吃，是用，做成各種器物。

除了我們熟知的水瓢和葫蘆，瓠瓜老硬後，還能製成水壺、酒杯、樂器、法器，甚至涉水渡河的救生圈，〈詩經．邶風〉的「匏有苦葉，濟有深淺」，說的就是這個。瓠瓜的英文Calabash，由波斯語演變而來，原意也是用作器物的乾瓠。直到現代，非洲有些地方，還把乾瓠當成機車的安全帽哩。

如今遍地塑膠，少人用瓢，瓠瓜多半種來吃，北方叫葫蘆，台語稱匏仔，粵語呼蒲瓜，古音猶存，而且也像唐代，仍是家常蔬食。怪的是，此物歷史雖久，卻頗受冷落，沒出過什麼名菜，平凡到近乎寒酸，連飯館都沒得賣，菜單上通常有絲瓜冬瓜黃瓜，極少見瓠瓜，要吃只能在家燒。

我特別愛吃，夏天常買來煎麵餅，煮米粉，切條炒蝦皮，刨絲包餃子，百吃不厭。瓠瓜跟絲瓜一樣，好在清淡綿軟，有種幽微的馨甜，芳甘可人，然宜獨行，若和鮮濃之物同烹，汙顏奪味，就索然吃不出了。周作人寫過一篇〈瓠子湯〉，說他家鄉夏至要吃「蒲絲餅」，把瓠子切絲煮熟，加麵粉白糖油煎，已吃不出瓜味。至於那道瓠子湯，是用「筍乾等物煮了加醬油」，我看了很驚訝，加了筍乾和醬油，還能「素淨而鮮美」嗎？

還是鄭餘慶厲害，他家的蒸瓠瓜，素顏朝天，渾然真味。瓠瓜須得柔嫩，用指甲輕掐能摳進瓜皮，摳不進就嫌老，肉粗籽厚，有渣不甜了。原粒蒸瓠瓜，難以油鹽吊味，也沒法靠蔥段和蝦皮提鮮，全憑麗質本色，尤需新鮮當造的嫩瓜。有好食材，還得有靈敏的好舌頭，才能辨識領受，那種鞭辟入裡，清靈沁口的甘甜，其實遠比蒸鴨鵝精妙。

我以為，這鄭餘慶不是「廉儉」，是個懂行的，所以文中還說，「醬醋亦極香新」，可見是講究的。蒸瓠瓜需時耗柴火，所費不貲，真要省錢，不如切剖煮炒，快捷入味又省事。

咦，不是讀書嗎，怎麼又想起吃的，冬天沒有好瓠瓜，勾起一肚饞思，這下子，要怎麼收拾啊。

菜圃有風，風吹鈴動，橐橐作響，都成了種地時的背景音樂。

紅耳鵯度小月

種瓜既然得瓜，種豆也不差吧，播下豌豆，很快抽芽了，蜷曲翠綠，蓄勢待發。我買來竹枝，正打算搭籬架，卻發現豆苗斑斑點點，已給蟲子啃了大半。

啊呀，大冷天也有蟲？我趕緊蹲在田邊，火眼金睛大搜索，捉了好久，卻連蟲毛也不見，只好調了點辣椒水，到處噴灑，又摘了香茅葉，鋪在畦間驅蟲。

第二天，好咧，剩下的一小半也沒了，遍地禿枝光桿，香辣豆苗給吃完了。氣得牙癢癢的，問農友怎麼辦，莉姊來看過，搖著頭說，「唔係蟲，係雀仔囉，你在田邊掛幾張光碟，最好罩上紗網啦。」

原來是鳥啊，我聽了轉怒為喜，很是高興，太好了，鳥兒賞光來我家吃飯，哪裡捨得趕？歡迎歡迎，我趕緊再去灑籽種豆，給嬌客準備豆苗大餐，鳥兒吃剩的莖桿就做綠肥。

草地菜園，可以招蜂引蝶，惹蟲邀鳥，只是我有分別心，厭蟲愛鳥，偏執不悟。看到鳥兒在園裡啄食，我總以為牠在幫我吃蟲，實則除了蟲子，鳥也吃別的。

喜鵲、八哥、柳鶯、鵲鴝、山雀和斑鳩，都是園中常客，我最愛看白鶺鴒，輕靈翻躍，尾巴一掀一掀的，細腳碎步，卻迅疾如風，快得像水滸裡的「神行太保」，見人偷窺，唧唧驚叫，波浪狀飛走了。

前院有盆四季桔，晚秋滿樹金豔，可是沒等到過年，已被白頭翁啄得七零八落。這果子酸，只能醃桔醬，白頭翁照樣吃得香，每天相揪拉隊，踞樹大嚼，吱喳嬉鬧，吃得滿地狼藉，隨後蟲蟻來舔汁，麻雀和綠繡眼來清皮渣，珠頸斑鳩來撿籽粒，傍晚紫嘯鶇也悄然來訪，縮著脖子，自飲自啄。我從廚房觀賞，看得入迷出神，差點把菜燒焦。

冬天糧少，要度小月，白頭翁不揀食，連嗆鼻的番茄葉都吃，但牠的親戚，抹紅頰梳龐克頭的紅耳鵯，可就挑嘴了。莉姊說的沒錯，我觀察了幾天，發現豆苗是白頭翁的表哥紅耳鵯吃掉的，還有辣椒葉。我種了幾棵指天椒，長成灌木叢，椒果火辣，椒葉卻可口柔滑，這傢伙連葉帶芽，整樹啄得清光，難怪辣椒水也不怕。

然後是青花菜（綠花椰菜）。前陣子種的菜都長起來，青花菜尤其好，油碧肥綠，葉闊梗粗，我正巴望開花結球，紅耳鵯卻等不及，搶先來開飯，從早到晚每天吃三頓，把菜葉啄得坑坑洞洞，襤褸如破衫。

這小子嘴尖，田裡的韭菜、芫荽和芹菜，辛香濃烈，牠固然嫌棄不愛；生嫩的萵苣，軟厚的紅鳳菜，牠也聞都不聞，獨沾一味只吃青花菜。真識貨啊，牠知道十字花科的青花菜，跟芥蘭和菜心一樣，入冬經霜有甜味，特別鮮脆肥美，比起來，萵苣和紅鳳菜就平淡索然了。

天上的飛鳥不種不收，天父尚且養活牠，呵呵，那麼種菜給鳥吃，就算替天行道吧。

莉姊和文蒂給菜田罩了網，鳥兒照樣趁隙找縫，鑽進去快意大啖，倆人納悶嘀咕，「咩今年的雀仔咁惡？」

新聞說，今年冬天，全球各地發現離奇死鳥，原因不明，可能死於冬寒、煙火、磁極變化，外星人或者世界末日。好邪啊，我們在田邊吱喳議論，好彩這裡的鳥還饞嘴肚餓，生猛得很哩。

不遠處，一隻紅耳鵯大喇喇啄著菜心，偏頭斜睨，面無懼色，因為牠知道，養活牠的，不是我們。

說桔

過年討吉祥，到處是桔樹，金燦耀眼，屋裡還有年桔桶柑，厚皮粗渣不中吃，也就圖個喜氣。金價飆漲，追不及買不起，擺點黃澄澄的東西也好，況且桔子好意頭，形聲皆吉，口彩響亮，自古即是祥物瑞果。

柑橘跟荔枝一樣，是中國南方嘉果，但產地更廣，品種更繁，柑橘橙柚檸檬佛手，朱黃青碧圓扁大小，加上接枝雜交和外國新種，五光十色，繽紛琳琅。香港就這個好，什麼都舶來，冬天也百果豐饒，隨便去個菜場超市，除了內地的江西臍橙、永春蘆柑，還有台灣椪柑、日本蜜橘、以色列甜柚、美國香吉士，澳洲橘和西班牙柑，橙黃橘綠，馨香盈鼻。

可惜我最喜歡的砂糖橘，已經過季退場，芳蹤杳然。這果子真是好東西，和荔枝有得比，色味雙美，個頭玲瓏金紅，肉瓣豐潤柔嫩，甘甜多汁，無渣少籽，蜜味裡暗含幽酸，穠纖恰到好處，而且皮薄易剝，讓人一粒接一粒，沒法住嘴停手。

砂糖橘是廣東特產，肇慶附近的四會最好，每年晚秋到深冬上市，正是北風乾冷，膚燥唇裂的時節，幸而天賜恩物，有這果子滋潤濟世。一開始我也懵

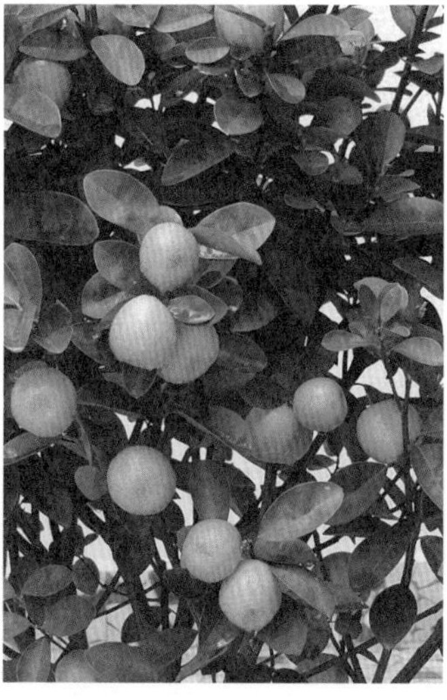

過年討吉祥，桔子好意頭，形聲皆吉。

然不識，看它嬌小橢圓，街市又寫成「砂糖桔」，我以為是皮緊肉酸的金棗，望望然掉頭而去，走了寶，過了幾年才知道。

問題出在這個「桔」字。粵語沒有橘，橘子和桔子都寫成「桔」，橘和桔同名異物，兩種東西擠在一個名字裡。無獨有偶，台語也沒有橘，口語和粵語一樣，呼橘為柑，書寫才用橘字，所以柑和橘同物異名，一種東西倒有兩種名字；至於桔子，台語則指金橘。

好了，大陸的簡體字，又把橘簡寫成桔，橘子和桔子更加攪混不清。兩岸三地，名物異同，加煩添亂，愈發糾纏。

柑橘家族裡，柚子胖大，橙子圓身緊瓤，皆明顯易辨，但柑、橘、桔這三樣，就比較難分了，要看大小、圓扁、皮色、滋味，還有歷史淵源。

論資排輩，橘最古老。《尚書》記載「厥包橘柚」，春秋時代，已把江南的橘子柚子包妥上貢。屈原也寫過《橘頌》，「受命不遷，生南國兮」，自比為堅貞不移的橘樹。《周禮》和《淮南子》也有「橘逾淮為枳」，可見兩千多年前，橘子在中國已很普遍。順便說一下，這成語其實大錯，橘和枳不同屬，橘樹移植到北方，除非嫁接或者突變，否則長得再差，也絕不會變成枳。

柑則較後起，原指大些的橘子，東漢許慎的《說文解字》有橘橙柚，還沒有柑，唐宋以後卻很常見，也寫成「甘」，我推想，閩粵呼橘為柑，很可能即承自唐宋的中古音。謝惠連的《甘賦》，杜甫和柳宗元的《甘園》詩，蘇軾的《黃甘陸吉傳》，劉基的《賣柑者言》，拈來皆是，彼時柑子珍奇，常有玩賞酬贈之作，以柑喻世言志的更多。

至於桔，本來和橘無關，《說文解字》和《本草綱目》，都解為藥用的桔梗，誰知這字撈過界，後來居上，倒把橘子擠走了，且因有個吉字，紅紅火火備受寵渥。

說桔論柑，總與世俗人情相關，但有一件事，我就搞不懂了。粵語空、凶同音，為避凶諱，把空說成吉，所以香港叫吉屋招租，吉舖放售；撲空或白忙，則曰「得個吉」，引而申之，桔跟蛋一樣，皆有空洞掛零之意。這麼說來，過年的金桔年桔，其實都是一場空，豈不倒楣晦氣？空即是吉，吉即是空，唉呀，還真深奧咧。

是春天的晚上，我立在後門口，看到桃花開。

桃花與中文

去年天冷，香港鬧「桃花荒」，花給凍傻了，好久都掙不出，枝杈木頭楞腦，光禿禿的，豎在寫字樓和商場，一蓬蓬像倒栽的竹掃把。商家急了，居然在枝條黏上假桃花，掛滿銅錢和利市封，把那樹折騰得妖里怪氣，我看著可憐，走過總要遠遠繞開。

樹下倒熱鬧，有人擺出媚態拍照，有人繞著樹轉圈，催旺桃花行大運，祈求今年情場如意，人緣好，臉書和微博都人氣熱爆。唉呀，這我就用不著了，情場已打烊，人場有老友，二三子儘夠了，快些走，免得被浮花浪蕊濺到，沒的招煩惹惱。

桃花我是喜歡的，去年春節買了株，開完花種到園子裡，今年一月，開始含苞。我沒給桃樹剪枝摘心，所以枝條分杈不密，花也稀疏零散，開出來不是「一樹桃花千朵紅」，反而像梅花，星星點點，闌闌珊珊，不過花朵特別肥碩，密瓣嬌蕊，光豔照眼，而且居然有香味，湊近細聞，是種老式的胭脂水粉氣，有點像夾竹桃。

而桃色，那種義無反顧，深情痴迷，濃烈爛熟到快要滿瀉的粉紅色，要怎麼形容啊，唉，我這中文白讀了，站在花前，腦中如電光擊閃，第一個想到的就是《詩經》，「桃之夭夭，灼灼其華」，然後就沒了，呆看半天，再也想不出更好的。古人厲害啊，寥寥數字，用了三千年也不磨損，還是鮮活傳神。但只說桃花美豔，未免以偏概全，把它瞧扁了。牡丹富泰，水仙清雅，都沒啥好爭論的，桃花卻亦正亦邪，矛盾弔詭，可就複雜了，有時俗豔，有時清麗，一下子喜氣熱鬧，福壽無疆，一下子又孤絕淒冷，薄命不祥。

而且桃花是種狀態和概稱，就像「江湖」，中國人一看就懂，跟外國人就講不清。譬如桃花運，有一年，帶英國朋友琳去逛年市，看到維園處處桃花，琳十分好奇，我跟她說，這花象徵愛情和婚姻。「就像玫瑰嗎？」啊不，我趕緊補充，更多咧，還有人際關係，而且「桃花運」不一定可喜，弄不好，可能是「桃花煞」和「爛桃花」呢。

別說琳，我自己都似懂非懂。表面看來，桃花不是儒學老莊，對中文好像無關緊要，但骨子裡，它浸潤深沉，影響廣泛。不妨用「反證法」來觀察，如果像內地對付敏感詞，譬如茉莉花，把桃花從文化裡封禁抹消，那中文豈只失色，恐怕還會失血失重，休克昏倒。

桃花運，難道改成玫瑰運？杏眼桃腮，人面桃花，桃李滿天下呢？劉郎、武陵、小桃紅和桃花塢要怎麼辦？詩詞歌賦也完蛋了，元都觀裡桃千樹，竹外桃花三兩枝，可愛深紅愛淺紅，桃花流水鱖魚肥……還不說桃葉桃枝哩。李白春宴，劉關張結拜，也得另找地方，改去牡丹園或者竹里館。還有桃花源，這損失最慘重，春來遍是桃花水，仙境卻滅絕，桃源望斷無尋處，世外沒有烏托邦，只剩下荒涼粗礪的現實，真恐怖。

矛盾的是，桃花像櫻花，其絕美極至，不在於夭夭灼灼，怡情悅目，反在於生死蒼茫，由盛而衰，當落英繽紛，亂紅如雨，原本輕薄的審美，和時間空間發生撞擊，遂轉為深厚沉鬱，說是賞花，定睛端詳，卻乍見生命真相。

因此，寫桃最好的，《詩經》以降，我以為是張愛玲的《愛》，寥寥幾百字，白描淡墨，只說樹，連花都省了。「是春天的晚上，她立在後門口，手扶著桃樹。」看似寫景，忽然筆走龍蛇，刷刷刷幾句，那一生就這麼過了。時間無涯的荒野裡，只有那株桃樹。這篇我熟到可以默書，但每次讀，還是驚心動魄。

西蘭香芹

春寒料峭，青黃不接，鳥兒饑不擇食，連清苦的萵苣葉都吃，啃到只剩莖桿。西蘭花（就是青花椰菜）給啄得更狠，菜葉襤褸破爛，衣不蔽體，剩下梗子和葉脈，赤條條白森森的，有如貓兒舔淨的魚骨，本來裸體，現在露骨。

好在盜亦有道，鳥兒沒啄嫩芽，西蘭花雖然禿了，還是開始結花，芽心凝出蒼綠的小骨朵，我喜出望外，趕緊下追肥。天氣回暖，花蕾漸豐，但一直沒分櫱，菜花似的就那一撮，沒長成圓胖的蕾球。想再等一陣，可時不我予，晴暖數日，側花開始泛黃，再不採就老了。

用手逐棵掐折，花梗瑩碧生脆，然而最粗的，只像珍珠奶茶的吸管，我特意折長些，因為莖梗比花蕾營養，而且更甜。三十幾株採完了，也就一小籃，零花散朵的，湊起來頂多一個蕾球，市場裡，三球西蘭花才賣幾塊錢哩。我這收成非但少，還整整種了三個月，成績實在太爛了。

可是我卻很高興。因為本來已把西蘭花「撇帳」，跟豆苗一樣，當成公益作物，種來餵鳥，不指望收成了，沒想到無中生有，由零變一，分外驚喜。我仔細摘洗，拈去蕊間的蛾繭，這菜還真難種，不是鳥就是蟲，天知道，市場那些肥碩的西蘭花球，到底下過什麼料？

該春耕了，我翻開菜園日誌，記錄採收日期，也結算冬耕成績。西蘭花總算炒出一盤，豌豆苗和捲心萵苣被鳥吃，齒葉萵苣發育遲鈍，天暖後才猛長，但菜味已苦韌，也算失收。怪了，去年的萵筍也槓龜，為什麼我老是種不成萵苣？可能是肥力問題，得再檢討。

芹菜則是敗部復活，異軍突起。十一月底栽苗，一月中還矮矮瘦瘦，莖桿泛出紫褐，查了書，才知道澆水不夠，趕快補救。立春後，芹梗終於有點抽高，還是不成材，送我菜苗的文蒂，早就採了好幾回，人家的芹菜高壯及膝，玉綠水嫩，我的看來還像大芫荽。

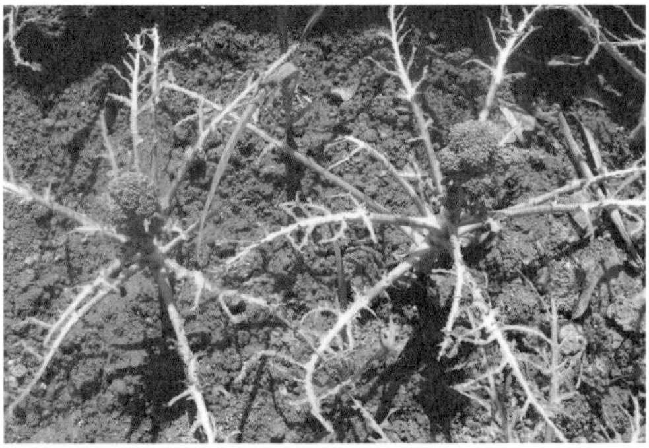

本來裸體，現在露骨的西蘭花。

但二月中旬雨水後，這菜好像睡醒了，急起直追，逐日粗長，梗管青碧挺拔，枝葉翠意婆娑，到月底已可採收。芹菜不像西蘭花易老，不趕著收，我想到就去拔幾棵，拿來煎芹香蛋，炒肉絲豆干，切珠灑海鮮粥，煮麵和炒米粉。因為晚熟，這芹菜粗矮多節，並不脆嫩，然而滋味鮮濃，有種特別的藥香，連嫩葉都可入饌。吃到現在還有半畦，莖節開始抽花，馨馥更甚，我打算採來包餃子。

芫荽也不錯，年底灑籽，立春後長到食指高，驚蟄後開始可採。韭菜和紅菜，都是前兩季留下來的，冬天無精打采，入春後逐漸豐肥，韭菜變寬拉長，紅菜圓闊光潤，吃來柔美生脆，滿口春味。還有些香辛菜，辣椒、蒜苗、蒔蘿和義大利芹菜，下星期應該也能採。這些菜都粗生易養，又不招蟲惹鳥，挺適合我的耕種水平。

噪鵑已回到南方，在樹上哇哇叫，歪著頭看我耕田。我把採收後的根莖殘株，連同剛揀的芹菜葉，搗碎後一併送作堆，埋入深處做綠肥。下一季，田土裡的綠色精魂，就像噪鵑一樣，還會回來。

菜田有條龍

治療結束，不必每天跑醫院了，我歡天喜地，像刑滿出獄，領回生活重獲自由，時間不再割裂破碎，每天又是完整一大塊。還我河山，歸去來兮，第一件事，就是耕田整地。

幾個月沒理，菜園蓬頭垢面，滿目瘡痍，田畦被暴雨沖得歪七扭八，泥壤流失，露出石礫，荒涼得像戈壁。田裡亂草如麻，地瓜葉粗老，空心菜開花，落葵憔悴黃瘦，半枯的南瓜藤牽纏絆掛，邋遢不堪。

我摧朽拉枯，去蕪除穢，大力揮鋤掘地，覺得痛快極了。手術後不能勞動，電療期要避免流汗，也不能幹體力活，綑手綁腳的，憋得真慌，現在終於解禁，可以大刀闊斧，盡情揮灑，一隻蟲又成一條龍，我渾身力氣，勁道十足。

但這地，比我更有勁。鋤頭翻起地皮，砍進泥肉，正想得寸進尺，軟土深掘，卻遭受反彈抵抗，碰頭撞壁，趑趄不前，鋤尖鏗鏗作響，吃不消哀哀叫。鋤到石頭了，我彎腰想撿出，卻無法動搖，那東西烏黑粗硬，深沉厚實，簡直是長城。

正面難以攻堅，我從側面包抄，用鏟子把周圍挖深，刨鬆後撬起，果然是一堵水泥牆，臉盆大，兩手才搬得動。咦，去年翻土整地，已經清出幾噸磚瓦廢料，這塊是漏網之魚吧。我安慰自己，繼續鋤地，可是沒多久，鏗鏗聲捲土重來，更加淒厲不祥。

天啊，這下是我慘叫，怎麼又來了？往下才挖幾公分，斷垣殘壁陸續出土，破瓦碎磚，石頭水泥塊，鬱鬱磊磊，遍地坎坷。我楞在那裡不敢相信，去年明明清乾淨了，怎麼又冒出來？天老爺啊，難道石塊廢料也像番薯，會在地底繁殖蔓生？

真是氣傻了，這事叫天有什麼用，只能嗅地，不，應該捫心自問，怪自己功夫不足。地裡肯定不會長出石頭，但土質如此磽薄粗惡，遠出意料，只怪我經驗不足，整地不夠力，耕得不徹底，瓜菜飄在淺土，難怪長不好。

於是揮鋤舞鏟，挖地撿石，又像去年一樣，弄得摧背折腰，指掌起繭冒泡。幾坪大的菜園，搞了大半個月，一路往下掘，磚石還是沒完沒了，周而復始，徒勞無功，簡直像薛西弗斯的神話，他是推，我是撿。不成啊，

挖不完，清不盡，還得挖！

哪有那種希臘時間，冬至已過，播種要來不及了。

挖到二十來公分，我決定罷手，這深度不能種蘿蔔，種葉菜綽綽有餘，盡夠了，下一季接著挖吧。這回還得吸取教訓，打好基層肥底，我把兩桶養了半年的漚肥倒進田底，拌進草木灰和牛骨粉，掩埋好，悶幾天又曬幾天，然後翻動耙鬆，分畦劃畛，闢出新菜田，這下總該肥滋滋了。

文蒂在疏苗，清早送來一籃菜苗，有芹菜、青花菜、蒜苗，齒葉和捲心兩種萵苣，趁著晨光熹微，我趕緊拿去種。菜苗荏弱軟嫩，吹彈得破，要輕拈細挑，嵌進土中，用指頭暗勁摁實；我小心翼翼，還是折斷兩株捲心萵苣，這菜簡直一碰就酥。鋤地要大力，種菜用陰力，剛柔相濟，文武交加，不簡單咧。

菜苗都活了，原本丁點大，幾乎看不清，幾星期下來，綠意逐漸暈染擴大，生氣勃發，新潤可喜。呼呼，這一季歷盡折騰，總算吊車尾，趕上冬耕了。

我好土

芒果和檸檬在開花，甜馥芬馨，惹來粉蝶翩翩，蜜蜂嗡嗡，連土裡也有春意，揮鋤下地，覺得豐厚綿軟，土粒鬆爽如糕粉，不時翻出蚯蚓，精壯生猛，活蹦亂跳。

這可是寶啊，活土才有蚯蚓，得來不易，以前沒有哩。我一直以為，菜田石塊太多，土質磽惡，但有個做營建的朋友來看了，搖頭說，不是土質問題，你這田根本不是天然地，是堆填地，用建築廢料填高，鋪上泥土擴充出來的。

我聽了，如雷轟頂，但也恍然大悟，原來是塊惡土廢地，難怪層層相疊，有挖不完的殘垣斷壁，堅硬枯瘠，再怎麼下肥也瘦巴巴。早知道就徹底換土，害我胼手胝足，幹了大半年，搞得磨繭起泡，勞筋折腰，土性低劣難移，恐怕白忙一場。

懊惱失望，氣苦不已，但轉念一想，這地好歹收過幾季瓜菜，並非一毛不拔，況且耕耘了大半年，日夕沾碰撫弄，已經有感情，也不忍心清除鏟走。再說，鏟走了能丟到哪裡？還不是送去掩埋堆填，滋生更多廢地荒原。我一直很內疚，前年裝修房子，拆牆敲磚的，不知製造幾噸建築廢料，造孽不少，把這塊廢地整治好，就算贖罪吧。

我不知試過多少施肥法。堆肥惹蟲蠅，漚肥太少也太慢，草葉灰沒有氮，不夠營養；又因土面虛不受補，買來的肥料成效不彰，吸收遲緩。地上行不通，索性走地下路線，改用最原始的「掩埋施肥法」，把廚餘直接埋在田底，再輔以落葉草木灰。這招好像管用，幾星期後，菜漸漸肥了。

屢敗屢戰，土改終於有進展，我樂得手舞足蹈——哎喲，不行，只能足蹈，手臂勞動過度，痛得要去看跌打，舞不了。但我逐漸掌握土性，知道菜田變肥，在虛不在實，不是因為下好料、埋了仙丹大補丸，是因為結構改善，土層有腐植質，開始鬆動軟化。

我更加勤奮，每天刨坑挖洞，掘出磊磊磚石，搗碎硬塊和黏土後，倒入果皮菜葉，澆水覆蓋掩埋——還好菜地不全是堆填，深層有藤黃色的真土，黏稠緊實如年糕，要鏟鬆切細，拌入砂礫草灰，讓土壤有毛管孔隙，可以呼吸透水，微生物才能做工夫，滋育營養肥力。

一點點，一塊塊，地毯式掘過來，進度雖慢，成果斐然，芹菜和青蒜長粗了，韭菜葉由窄變闊，寬柔如飄帶，吃來鮮嫩有甜味。紅鳳菜發福，比以前胖了一倍，莖幹像蔓藤伸到籬外，摘也摘不完。義大利香芹原本呆滯，細瘦如野草，現在茂密高壯，碧骨翠葉，做沙拉和 pasta 鮮香濃馥，長得太快吃不完，還得送人。

對照很明顯，另一邊的芫荽還沒埋肥，生得矮細，老早就抽花。原來土性如人性，不能以本質論斷，要加以涵養改良，然則人性複雜，叵變難測，不像土性忠實簡單，用對方法下足功夫，就能扭轉頑冥惡地，化腐朽為神奇。

春來整地，蚯蚓活潑扭動，土層生出黑沃腐質，泥土觸感也不同，鬆柔而又油潤，隱隱有勃鬱生機，果真是「陽氣俱烝，土膏其動」，天候暖熱，催發土壤作用，肥力流動播散，我甚至聞到地氣，是一種微微的煮豆香。

土壤是神奇之事，書上說，一公分深的土壤，地球要花三百年形成，而能種植的「有效土壤」，則需三十公分以上。哇，那不就是九千年，我還得加油吶。

要嫁的果子，未必難養；不要嫁的，未必好種，譬如番茄。能否結果纍纍，土壤常是關鍵。

嫁果子

繁花落盡，芒果凝出青豆小果，我每早去給「湯米」加油，叫它站穩別掉。茉莉開出星點白花，清芬沾衣，我深深呼吸，喃喃讚歎。雞蛋花抽新芽，木芙蓉長出嫩葉，當然也要鼓勵一下。

桃樹有蚜蟲，我警告蟲子快滾，不然殺無赦。鋤地砍到蚯蚓，趕緊跟牠道歉，哎哎對不起，被腰斬一定很痛吧。水蜈蚣在草地橫行霸道，貪婪瘋長，我一邊拔一邊罵。

種地一點也不孤寂，你看我多吵，不是罵罵咧咧，就是嘟嘟噥噥。據說跟植物講話，它能領略感應，我不信鬼神，卻相信超自然，在園子裡於是喋喋不休，努力跟草木蟲鳥溝通。

迷信是原始的心智，錯認的因果關聯，不只人類，動物也會，我看過紀錄片，說科學家做實驗，發現鴿子也迷信，以為繞圈哈腰做些動作，就會得到食物。但凡人力（以及鴿力）不能駕馭之事，迷信就會滋生，耕種涉及自然，日月天候品種土壤，有千萬因素交互影響，更是迷信的溫床，人類種地幾千年，到現在還拿天氣沒辦法，很多事都得「望天打卦」，古人想必更加迷惘。

翻閱古代筆記和農書，種植迷信奇想聯翩，妙趣橫生，譬如宋代的《證類本草》說，「胡麻須夫婦同種，即茂盛。」明代的《群芳譜》說，種桃時把桃核刷淨，「令女子豔粧種之，他日花豔而子離核。」又說，桃樹蛀了，就用豬頭煮湯，放冷後澆灌。

歷代《本草》雖是醫書，也多奇談異志，譬如說，把一小片鱉甲裹上莧菜，放入土坑，「一宿盡變成鱉也」，這倒好，種菜得鱉。南朝的《異苑》則說，挖薯蕷（山藥）不能出聲，「嘿然則穫，唱名便不可得」，我這麼碎碎唸，看來不能種山藥。

果樹最多種植迷信，譬如自古相傳，「橘見屍則多實，榴得骸而葉茂」，元朝的《農桑通訣》、明代的《種樹書》和《便民圖纂》都說，在橘樹根下埋鼠屍，在石榴枝杈安放枯骨，就能結實繁茂。清初陳淏子的園藝書《花鏡》，則提及嫁李和嫁杏，嫁李要在「元旦五更，將火把四面照看」，即可結子纍纍。嫁杏就鄭重些，要在樹枝繫上處女穿過的紅裙，並以酒祝禱。

唐人段成式的筆記《酉陽雜俎》，亦有「嫁茄子」，說是茄子開花時，把茄葉摘下散布路上，灑上灰讓人踐踏，結實即繁。最妙的是李漁，他的《閒情偶寄》說，合歡樹要澆洗澡水，「常以男女同浴之水，隔一宿而澆其根，則花之芳妍較常加倍。」是他親身種植的經驗哩。

南北朝的農書經典《齊民要術》，也有「嫁棗」，說正月初一日出時，用斧背在樹幹槌擊敲打，可使棗樹結果豐盛。這個嫁，卻和嫁李子嫁茄子不同，可就有道理了。原來，以斧或杵敲打樹幹，擊傷果樹韌皮，可以阻止養分向下輸送，促進開花結果，古時的農書叫「嫁果」，現在叫「環剝法」。

種植迷信是古老的交感巫術，擬人化的推論和想像，以今觀古，猶如高處望低，我們不免嗤笑，以為無知無稽，然換個角度看，這何嘗不是民胞物與，天人合一？人類生涯短淺，所知有限，很多事尚未洞悉明理，只可存而不論。

所以近代西方，有人提倡「自然活力農耕」(Bio-dynamic Agriculture)，認為土壤除了天然條件，還受農人的意志精神，月亮，以及其他星球的力量影響。另有一派更激進，主張萬物有靈，山水草木各有精靈，耕地種植，須與精靈互通共處。

唉，這我就不信了，因為除了草木蟲鳥，還要跟山鬼水神、各方精靈溝通交談，忙不過來啊。

春夏嚐新

晚春初夏，旬物源源登場，正是嚐新的好時候，瓜菜清嫩豐美，果子鶯紅，青蔬駭綠，菜市活色生香，比花市還燦麗，穿梭其中採集食材，我飄飄然以為自己是蝴蝶。

芒果堆得像小山，黃豔照眼，菲律賓的呂宋芒不香，但豐軟多肉，宜做甜點，尤其芒果布丁和楊枝甘露。泰國芒果滋味好，皇帝芒鬱綠深碧，肉質稠實，吃來有龍眼蜜味，拌上香茅魚露做海鮮沙拉，風味絕佳。水仙芒最美味，皮色柔黃如鵝油，核薄肉厚，甜嫩無渣，還有一股微淡花香，切片配糯米飯，淋以溫熱椰漿，腴美無倫。

美國的綠蘆筍，秘魯的白蘆筍，都正肥壯當造，粗如麵棍，清脆多汁，汆燙後沾醬吃最好。韓國的草莓，智利的藍莓，卻已逐漸過氣，酸淡鬆泡，貴又不好吃，好在有存糧，前陣子盛產時，我已大量採買，煮了幾罐果醬。

還有江浙來的新菜，蠶豆去皮莢，剝成粉綠

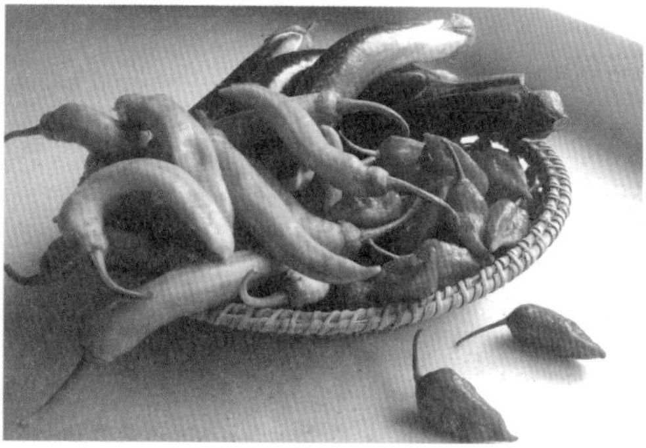

嚐新嚐新，有的美在清甜，有的妙在清苦。

的豆瓣，炒剛上市的莧菜，柔滑鮮甜。薺菜和馬攔頭以前是野菜，如今早已量產，平淡無甚清香，但新摘初長，氣味最足，入嘴有野地踏青的芬芳。

我最愛杭州春筍，此物粗長多節，厚籜硬毛，看來像老韌的竹幹，可是剝開來生嫩芳甘，白煮素焯，就已香味四溢，連湯水都帶甜。做油燜筍太濃膩，煮湯又太寡，我用薺菜來炒，綠白交映，清香撲鼻；但春筍燒肉更美味，紅亮光豔，鮮濃香腴俱全，李漁說烹筍「素宜白水，葷用肥豬」，然而他燒好後挑去肥肉，只吃吸飽肉汁的筍，嘴更尖。

南貨北物，鮮肥雲集，香港搬有運無，把各地的春天都運來了，食前方丈，予取予求，世界就在我的盤中。不過，想到食物哩程（Food miles），可就心虛慚愧了，食物迢遙而來，耗油排碳，吃在嘴裡，傷在大地。然而這蕞爾的商業之島，從來仰賴進口，幾乎沒有農業，自給自足談何容易。

但努力找，還是有很多本地土食，例如春夏間，香港近海有種赤米蝦，櫻紅色，個頭小，殼硬身細又有砂腸，剝來頗費工夫，可是肉甜味厚，清炒可媲美蘇州河蝦，不像一般蝦仁粗淡無味。

最近買到大埔的有機菜也好，早春的枸杞嫩葉，吃來滑軟如緞，舌齒微苦回甘，初夏的辣椒葉鬱鬱蒼蒼，炒薑絲深翠油碧，色味皆濃，偶爾咬到初凝的小椒，不辣卻香，更覺綠意盎然。

自家菜園就更好了，韭菜怒長，簡直「一暝大一寸」，剪完才一星期，又攢出一片盈盈新綠，柔長飄拂，生機強勁。春韭和冬韭完全不同，綿軟如絲，柔嫩有甜味，切段煮炒極香，冬韭只宜切碎炒蛋，要不剁了包餃子，至於夏韭，就粗韌不堪吃了。

去年在野地挖了艾草苗，種在前院，今春高及人腰，我採了嫩葉，煮去苦味後擠乾，剁散成絲，摻進糯米糰裡揉勻，包入豆沙做成小丸，放在蕉葉上蒸熟，做成「一口粿」，艾香芬馥，春味沁脾。

春夏旬物，以清見長，有的美在清甜，有的妙在清苦，甜苦之間，幽微醞藉，辯證互參，舌齒間也是人生意味。

暖紅色瑪麗亞

鄉原古統『麗島名花鑑・九重葛』（局部）

神都住在山上

山是kaja，神靈所居，海是kelod，邪魅所集。對極了，所以我老是去烏布（Ubud），一到山裡就像回家，鬆軟自在，閉目發呆，只留下耳朵和鼻子，讓聲音氣味源源撲來。

大廳絲竹幽咽，琴音如液，涔涔滴入林蔭山間，流下溪谷。溪水很響，嘩嘩滔滔，像放學的小孩，一路奔跳嬉鬧。蟬聲汩汩，從蕉葉底和椰樹梢滲出，斑蟬嗚嗚悶哼，暮蟬咿咿清吟。

喔哎喔，公雞吃飽閒閒，沒事亂叫。咕故咕，這裡的斑鳩節拍短，韻律強，隨時要唱出歌來。嘖嘖嘖，壁虎在牆角咋舌，唧唧唧，蟋蟀在薑花叢摩擦，噠噠噠，樹蛙聞到雨味，在荷塘歡喜大吼。

雷聲反而輕柔，疏落落從雲間飄下，攪出青氣和土味，快下雨了，氣味更濃，稻穗，布袋蓮，雞蛋花，斑蘭葉，鹿角蕨，茅草頂，柚木床，石雕的苔痕，揉雜交混，令人沁心迷醉。難怪有個香水就叫「峇里夢」，還有一個更絕，叫「7:15 am in Bali」，清晨七點一刻的峇里，靈魂也發出香氣。

雨季，宜靜坐，發呆，睡覺，拜神。

在旅館窩幾天，呆夠也睡夠了，就去阿貢山（Mount Agung）拜神。峇里人崇山貶水，阿貢大山尤其神聖，一般說的山（kaja），就是它的方位，住屋和家廟必朝此山，廁所和豬圈才朝海。傳統畫的視線盡頭，遠方背景，也總是阿貢大山，這鋼青色的錐形火山口，我在畫裡見過無數次，總得親眼去看看。

司機叫老二（Made），開朗健談，勤快認真。峇里人不用姓，以家中排行為名，從老大（Wayan）排到老四（Ketut），老五又從頭再排。奇怪，我碰到的人，多半是老二和老三（Nyoman），很少有老大，大概因為老大可以繼承祖業，老四又受寵，夾在中間的沒著落，只好認真幹活。

烏布去阿貢山要三小時，一路走一路玩，也跟老二聊天。他問我們，香港的首都在哪裡？聽那裡都是摩天高樓，有多高呢？要怎麼爬上去呢？Apartment 又像什麼？是不是像雞窩，一層層的，每層有一個房間？一家人夠不夠住啊？

「不，一層有好幾個房間，房間裡又有房間。」我其實想說，是啊，就像你們的雞房和鴿子籠，只是更貴。貧和富怎麼分，GDP 又能說明什麼？香港人窮畢生之力，也就攢到一個鴿子籠，峇里人卻有通敞透天的宅院，足以供神住人，種樹養豬。

精神上，他們就更富足。阿貢山腳的百沙基（Pura Besakih），是最大也最神聖的寺院，島民暱稱母廟。正逢滿月，香客川流不息，多是盛裝的年輕男女，少女束腰窄裙，頂著餅餌果盆，款款步上石階，嫋娜頂禮，深深跪拜。

可不能亂拜哩，這裡有五十幾座廟，給不同的種姓和行業拜祀，木匠銀匠農夫，各拜各的。廟裡的人把我們領到合適的廟，教我們怎麼拜：焚香，合掌跪下，從椰葉小籃的供品（canang sari）裡，拈出鮮黃的萬壽菊，在香上繞三圈，放下，默念祝禱。然後拈出粉紅的鳳仙花，依樣再拜，把花別在耳後。最後抓出三種顏色的鮮花，代表梵天，毘濕奴，濕婆，三位一體，並有共生。創造，維持，毀滅，生死榮枯，同時俱存。

祭師給我們灑聖水，在眉心黏上白米，碧空洗藍，山風颯颯。不知沾到聖水或淚水，我眼花了，模糊中，只見阿貢山拂去雲絲，垂眼俯視，滿臉慈容，諸神也探出頭來，含情張望。

香客川流不息，多是盛裝年輕男女，緩緩步上石階，深深跪拜。

夜鬼卡巴

天熱，懶懶的不想燒飯，我宣布，今天是Junk food day。他聽了可開心，好呀，又可以吃卡巴嘍。倆人興沖沖去了快餐店，埋頭大啃，吃得狼藉淋漓，油嘴膩手。

痛快是痛快，吃完了報應就來，蒜味沖天，路上碰到朋友，只能招招手，不好過去開口寒暄。回來喉嚨乾渴，口腹飽滯滿嘴鹹濃，整晚狂喝水，於是都說，真不是東西，下次不吃啦。可過一陣就忘了，又開始嘴饞心癢，滿心只想吃垃圾。沒辦法，上癮了，在倫敦染上這惡習，戒不掉。

卡巴（kebab）就是土耳其烤肉，有兩種，用鋼叉戳上肉塊，平放燒炙，這叫串烤（shish kebab）；把肉片串在烤叉上，層層鋪排壓實，豎起來旋轉烘烤，這叫旋轉烤肉（doner kebab），有人音譯為「都拿其堡」，也有人意譯為「土耳其肉夾饃」。早年台北街頭也流行過，叫「沙威瑪」，從阿拉伯語Shawarma 音譯而來。

卡巴雖掛名土耳其，其實發源於波斯，中世紀時，據說波斯士兵以劍尖串肉，在篝火上烤熟充食。這吃法滋味香美，而且快熟省火，很快流傳開，盛行於阿拉伯和土耳其，後來又傳入北非、中亞和南亞，變成回教民族的傳統食物。二十世紀初，卡巴被移民帶到西歐，經過改良變種，成為歐洲常見的街頭小吃。

倫敦的街角巷口，總有一兩家卡巴屋，多半是塞浦路斯人開的，店面簡陋，只見兩三座圓錐形的肉山，嗤嗤滴油，汩汩噴香，在電爐前悠悠旋轉。店裡通常有幾個大漢，濃眉多鬚，黑實肥壯，杵在店裡也像肉山，但幹活極麻利，手起刀落運斤成風，飛快削下肉片，鋪上生菜淋上醬汁，用烤熱的口袋麵餅（pita）裹捲好，熱辣辣遞過來。

食物不地道，未必是壞事。正宗卡巴淨是肉，單調粗豪，但傳到歐洲，逐漸改頭換面，加菜添料，串烤加插蘑菇茄子或青椒，旋轉烤肉的配料更多，成為豐美的新式漢堡。

說出來你別笑，每次回到倫敦，我最想吃的就是這個，還非得跑去阿曲威（Archway）那家不可。那地方在馬克斯墓附近，大街蕭索破落，但有兩家卡巴屋，「阿曲威」的招牌說，他家「可能是英國最好的卡巴」；斜對面的「行星」更狂，乾脆說他家的卡巴「全地球最讚」。

胡說，「阿曲威」的卡巴才最好。烤肉醃得透，入味卻不過火，每片都外酥內潤，肌理香美，並不濃鹹乾硬。生菜沙拉則多而鮮脆，除了番茄片和洋蔥圈，還有萵苣葉、黃瓜塊、高麗菜絲，以及塞浦路斯醃辣椒，此物酸香開胃，頗像四川泡椒，但生脆可嚼，最宜中和濃膩，提振肉味。

還有醬汁，卡巴要配辣醬和蒜醬，辣醬以番茄漿調製，講究清新鮮香，蒜醬則以優格拌打，講究濃稠飽滿，雙醬合璧，滋味強勁鮮明。啊當然，外包的餅皮也重要，要軟熱有麵香。

咬一口「阿曲威」的卡巴，鹹鮮酸香脆辣嗆，口感雜色紛陳，氣味光譜寬廣，如一幅斑斕的抽象油彩，難以描敘，唯覺忘情傾心。

可惜，做得好的卡巴不多，吃卡巴的也不識貨。光顧這卡巴屋的，白天是鬧哄哄的學生，風捲殘雲食不知味，晚上則是醉貓和夜鬼，酒吧打烊沒得喝了，他們醺醺然來這裡醫肚，稀哩呼嚕，狼吞虎嚥，吃下去的恐怕不是肉味和醬汁，而是孤獨和迷糊。

棕櫚，夾竹桃，香蕉樹，還有枇杷，圓滾滾，不是淚珠形的，一顆顆杏黃如乒乓球，在院裡牆邊彈跳。太陽鮮烈，如果加上龍眼和木瓜樹，幾乎就是亞熱帶，但空氣乾，硬，脆，有種柏油混上老檀香的氣味，光天化日，也像進了地窖堆棧，撲面是蒼老的塵灰，不小心嗆一口，滿嘴磣人的拉丁字。

遍地風流，寶物太多，遊羅馬要趁年輕，但那時眼眶短淺，見不到３Ｄ的時間景深。二十年後重訪，總算看出點端倪，原來穹頂有眾神俯視，古墟有舊鬼盤桓，噴泉廣場樓心月，窄街曲巷扇底風。遊羅馬要趁身體好，馬步穩重心低，經得起歷史洪流沖刷，不然千百年滔滔湧來，驚濤拍岸，撞得你不暈也傻。

還要經得起熱浪和人流。二十年前初冬來，鬥獸場稀稀落落，旅人兩三隻，貓倒是很多，雍容福相，在斷垣殘壁間或坐或舔。這回六月來，貓都被人嚇跑了，人山人海，我排了一小時隊，汗水滔滔，快要融化出汁。冷飲攤有結冰礦泉水，五百毫升賣四歐元，白日打劫，還是被遊客搶光。到處是人，喳喳呼呼，熙熙攘攘，鬥獸場許願池萬神廟梵蒂岡，到處翕翕然嗡嗡響。

這也好，看廟看畫看廢墟，還能看人。我碰到個羅馬阿伯，牽一頭長髮飄逸的阿富汗犬，熱心問我要不要問路，他對中國人有好感，因為兒子娶了上海姑娘，生了個甜美的孩子。這不稀奇，歐洲學生結隊而來，古城青春四溢，少年人在噴泉嬉水歡鬧，個個豐頰隆準，粉粧玉琢，長得跟雕像差不多，滿街都是甜美的孩子。

遊羅馬要趁年輕，觸目是美人美物，令人相形見穢，自覺汙染市容，唯恐被歧視。好在有美國遊客墊底，大嗓門，啤酒肚，棒球帽，花色衫，蒼蠅眼太陽鏡，肥胖喧囂，嘩嘩鬼叫，濃痰似的鄉下腔，「聖牛呀」，「天老爺喂」，極礙視聽觀瞻。不過美國人慷慨，心情好手頭更鬆，連買 Gelato 都給小費，一筒雪糕三歐元，丟下五元免找，誰叫賣雪糕的都是可愛美眉。

藝人不比遊人少，速寫，呑火，扮雕像，拉提琴，跳嘻哈，唱拿坡里民謠。我住在柯索大道（Via del Corso），附近有個哥兒們，戴 iPod 蹲在地上，用炭塊和粉筆畫波提切利《維納斯的誕生》，天女衣袂飄飄，美神冉冉出水，赤腳踏著蚌殼，粉臉輕愁微蹙，空洞惘然，竟有幾分原作神韻。

他每天頂著辣日，蹲在路邊，埋頭工筆皴染，每逢銀角拋下，紋風不動頭也不抬，只從 iPod 裡迸出一聲謝。但總有人去問路，打斷他和維納斯的神交。隔幾天，他畫了個告示版，詳盡引路，給遊人指點迷津。

這非抄不可：

西班牙廣場，往前走兩分鐘。許願噴泉，靠右直走，看到圓柱過馬路朝左拐。萬神廟，同前，不過要右轉。競技場，太麻煩，說不清，你改去萬神廟吧。聖彼得廣場，沿路靠左走到河岸，穿過一條有雕像的橋，然後跟著賣Prada假包的非洲人走。麥當勞？什麼，這裡出了名吃香喝辣，你老遠跑來，竟要去啃漢堡包？

每天走過，從沒見過他的臉，正想去逗他聊聊，不料一夜大雨，翌日去找，地上一乾二淨，風神美神消失無痕，他也再沒出現。

在羅馬，除了時間和人流，還要經得起大雨沖刷。

在羅馬，除了時間和人流，還要經得起大雨沖刷。譬如這聖彼得大教堂。

月桂黃油菌

蘆筍鯷魚沙拉，茴香頭燴萘菜，蛋汁煎南瓜花，黃油菌天使麵。

九點多，滿天血橙霞光，我們把東西端出來，在小花園吃晚飯。半個多月來，每天住酒店，吃館子，早已煩膩得慌，來到錫耶那（Siena），在近郊Uopini找到這小農莊，終於可以自己做飯。並不想念中餐，只想吃蔬菜，餐館太油鹹，且無可口青蔬，「三日不吃青，眼前冒金星」。所以，第一頓發狠做了四道蔬食，開懷痛吃。

農莊是穀倉改成的，連著幾畝橄欖園，屋前有齊腰的月桂樹籬，園裡種著洋梨和野櫻桃，屋後有迷迭香，葡萄架，幾盆檸檬樹。太好了，要烤雞，就去摘檸檬，掐幾枝迷迭香。買到鰩魚或海鰻，就去採把月桂葉，拍了蒜瓣和胡椒，煎黃了用白酒燜燒，再去摘點野櫻桃，搗碎了做蘸醬。

大蒜就得去買了，還是中國進口的，全球化滲進山村海角，碗裡碟中。沿著鄉間公路步行，往南走半小時有超市，往西走二十五分鐘有蔬果店，肥婆店主很兇，但買菜會送一把扁葉的義大利香芹。

要不，走十分鐘，村裡也有個小鋪，幾個男人坐在門口，大聲談笑閒侃。第一次去，我先背熟購物單，雞蛋uova，牛油burro，砂糖zucchero……，小夥計聽了吃吃笑，老闆倒會說點英文，問我們哪來的，又說他以前是騎師，十幾年前還去過香港賽馬呢，可惜沒跑贏。

小鋪貨色不多，但時有驚喜，黃油菌（Chanterelle）就是這裡買到的，蜜黃小菇盛在柳條籃裡，沾泥帶葉，是十公里外鮮採的，農民拿來寄賣。他們的義大利燒肉（porchetta）也新鮮，濃肥鹹香，下酒特好，只是豬皮韌如橡膠，不像港式酥脆鬆化。

不趕路，吃住又好，可以從容慢玩。有小巴進城，站牌就在農莊旁，二十來分到錫耶那，我們兩三天去一趟，揀一兩處遊賞，在石板窄巷逡巡漫步。有時參加一日遊，坐七人車，跟著身兼司機的猛男導遊，穿過喧鬧的葵花田，沉鬱的絲柏道，探訪托斯卡尼的山城老鎮，古堡酒莊，試酒試乾酪試橄欖油，吃到醺醺飄飄然。

玩一天，休一天，在農莊看書，游泳，燉菜，寫筆記，聽鳥叫，下午散步，順便拎酒瓶去回收站。村居零落，闃無人聲，連狗都打盹，見人只挑挑眼皮。公路邊有岔道，通向麥田和草原，丘陵起伏如呼吸，光影流動，碎金溢翠，黃綠間滴滴滲著硃砂紅，是野地的罌粟花。

這光景何等眼熟，好像在哪看過……啊，不就是錫耶那市政廳那老壁畫，洛倫采提（Ambrogio Lorenzetti, 1290-1348）的中古浮世繪，《好政府和壞政府的寓言》？壞政府那邊已斑駁脫落，好政府還生氣盎然，城裡有人買賣修房，跳舞騎馬，鄉裡有人狩獵收成，趕豬牧羊，一派活潑興旺，近乎《清明上河圖》。眼前這片村野，麥田草原，雖說不見豬羊，跟七百年前的鄉間，竟也沒差多少。

晚飯後去橄欖園散步，北斗當空，銀河低垂，幾乎要流瀉在樹梢。唉呀，莫非星屑滾落，樹叢突然飄出熅熅淡金，浮游如夢，原來是螢火蟲。仔細看，地上還有牠的幼蟲，食指粗長，發出帶黃的青光。

天上地下，俯仰顧盼，我忙得眼花撩亂。真氣不過啊，世上怎麼會有這種地方，要什麼有什麼，好處都讓它佔光了。

時光已二十一世紀，這小鎮一仍中世紀模樣，如此從容淡定，悠閒寧靜。

暖紅色瑪麗亞

除非下刀子，不然我們每天散步，風雨無阻，必去蹓人。尤其住這農莊，麥田沙沙閃金，草野晴翠接天，阡陌間暗藏幽徑，望著望著，腳底就開始發癢。

有時一天要蹓兩趟，晚上在橄欖園漫步，白天帶上水瓶和帽子去遠足。經過結著朝鮮薊的菜園，開滿金雀花的谷地，放著黑臉綿羊的草坡，走著走著，看到路邊有舊碑，地勢高處豎有瞭望木牌。啊呀，這一帶竟是法蘭奇納古道（Via Francigena），中世紀的朝聖大道哩。

古早古早，有人像我們一樣在這裡走，但不是散步，是趕路，香客拄著木杖，背著破布袋，衣衫襤褸，鬚髮虬結，眼眶凹陷，目光卻堅實飽滿，因為有終點和方向。

這條古道翻山渡海，從西歐貫穿南歐，南端是羅馬，北端經過高盧和日耳曼，終點是英國的坎特伯利（Canterbury），南來北往，行旅絡繹不絕。漫漫數月，迢迢千里，跋涉到托斯卡尼的錫耶那，羅馬已然在望，但香客也疲敝不堪，滿身風塵，五癆七傷。這富庶的山城，立刻張開慷慨懷抱，給他們麵包、熱湯、衣袍，乾淨的床單和藥方。

我們也是香客啊，逛教堂和博物館，腳法是散步，精神上卻是進香，在時空隧道鑽得暈頭轉向。看累了，坐在康波廣場（Piazza del Campo）吃冰糕，紅棕的台地如大摺扇，開展在鐘樓和市政廳前，圍繞廣場的樓邸，也帶著深深淺淺的赭黃，是這裡特有的泥色。難怪呢，以前學油畫，有一隻暖紅帶琥珀色的油彩，就叫 burnt sienna。

鐘樓下的小教堂，忽然湧出一群人，清一色白衣勝雪，大約行完婚禮，新人和親友歡躍照相，衫裙飄飄，在暖紅扇面暈染出朵朵白花。

錫耶那太可觀，大教堂絢麗，「貪吃鐘」高聳，石板路曲折迤邐，路邊巷底的古雅宅院，有八百年的中世紀大學，也有世上最古老的銀行，一四七二年創立的 Monte dei Paschi di Siena。但最讓我心折的，是大教堂對面的「聖母階梯」（Santa Maria della Scala）。

這老磚樓以前是醫院，現在是畫廊和博物館，高敻的拱頂，深長的廳堂，日光從木窗滲進，三兩遊人端詳壁畫，更顯靜寂空蕩。然而千百年前，這裡可熱鬧了，香客來投宿歇腳，患者來治病療傷，貧民來領救濟品，奶媽抱著小兒哺乳，醫生在洗傷縫針，神父聆聽臨終告解，修士和和僕人忙著派發麵包。

我怎麼知道？看壁畫啊。一路上描金塗銀，看多了聖徒神蹟，忽然見到庶民百態，耳目頓時一新。錫耶那畫派（Sienese School）比較夢幻，不如翡冷翠寫實，然而這廳裡的「醫院故事」，卻生動樸實，尤其是巴托羅（Domenico di Bartolo, 1404-1447）那幾幅，人物鮮活神態靈現，描摹出熙攘的日常情景：看病、發麵包、紮傷口、餵奶、貓狗打架，香客背著行篋……，這裡不止是醫院，也是免費的客棧、食堂、療養所，社會局以及育幼院哪。

壁畫上還有婚禮。院裡雇奶媽養大棄嬰，讓男孩學手藝，給他打本開店；女孩學縫織，給她找個好人家，送嫁妝辦喜事。男有分，女有歸，鰥寡孤獨廢疾者皆有所養，這中世紀的山城，有一顆廣袤厚實，熱呼呼暖紅色的心。

一九八五年夏天，卡爾維諾住在托斯卡尼，九月初突然急病，給送進「聖母階梯」，十天後，他在這醫院溘然長逝，走完人生的進香長路。他最後看到的，就是這暖紅的樓頂，瑪麗亞在那裡微笑。

威尼斯怎麼樣

怎麼是這樣？

從火車站搭渡輪到聖馬可，拖著行李下碼頭，走過街巷穿越廣場，擠過人群、鴿群和小販，問了三次路，終於找到廣場後拱橋邊的旅館。後悔沒叫水上計程船。

窗口垂著瘀紅布簾，窗外是蒼綠運河，貢多拉船伕哇拉哇啦，正和遊客講價。沖完澡還是熱，冷氣呼呼響卻不涼，只好開窗，空氣濕黏，帶著淡淡水腥，還有一股霉舊味。

廣場也有霉舊味，人雖多，西曬雖烈，看來還是破落蕭條，騎樓下黑乎乎灰撲撲，地上一窪窪積水，飄著鴿毛和玉米花，遊客坐在有汙漬的露天咖啡檯，和鴿子搶薯條吃。這就是聖馬可？那個讓拿破崙驚豔，說是「全世界最美的廣場」？那個電影裡充滿光暈，用來定情、重逢、諜戰和追殺，瀰漫貴氣與險譎的地方？怎麼卻像沙田的新城市廣場？

側身走進巷道，百轉千折，如羊腸如蛛網如地牢，霉舊味更濃，轉角處且有尿騷味，混著濕氣和夕陽，蒸薰出古怪氣息，彷彿史前怪獸的濃濁呼吸。小樓窄門，逼仄夾道，樓底下幽暗陰森，滿布塗鴉和垃圾，弄堂石牆髒得發亮。巷弄有兩種路人，遊客熱切天真，居民淡漠世故，臉上有一層淡灰色、拭不掉的慵懶。

是我太天真？多少年傾慕，終於來到威尼斯，不料一見面就跌下雲端，摔破夢幻，滿懷驚詫失望。小巷湫隘，大街傖俗，玻璃鎏金花紅柳綠，鄉氣而又市儈味，跟澳門那山寨貨也沒差太多。怎麼是這樣？是它發福走樣，風華蕩然？是我被電影和小說給矇了？要不就是八字不合，跟這裡犯煞沖撞？總之不對路，去哪裡都覺得虛假漂浮，暈糊糊不到岸。

不行，我得做 reality check，從這霉舊的迷宮找出路，搜尋我夢想中真實的威尼斯。

去遊船河吧，波光瀲豔，河汊蜿蜒，金殿銀宮泡在湯水中，可我是坐慣船見慣海的島民，對水上浪漫有免疫抗體。

去看戲聽歌吧，巴洛克樂團古韻悠揚，女高音戴假髮穿湖青色宮廷裝，一唱三歎生死宛轉，但也就票友水平，溫吞不入味。

去看教堂和公爵府吧，馬賽克精鑲細嵌，拜占廷金碧燦麗，彷彿在牆上挑針刺繡，令人恍神迷幻，可惜正搭著鷹架維修，鋸焊聲粗魯慓悍，打斷遐想。

當然要去哈利酒吧（Harry's Bar）啦，小館格局，招呼周到，堂倌把來客都當海明威的親友。喝了桃汁摻氣泡酒的 Bellini，點了螯蝦沙拉，小牛肉燴豌豆，瓦倫西亞海鮮飯，飯裡下很重的咖哩，蝦仁和蛤蜆比米粒還多，這才像話，到底是香料和海味之都啊。只是英語盈耳，像置身租界，而且甜點難吃，帳單嚇人，又把我從夢幻揪回現實。

唉，還是市場好。里奧多橋（Rialto Bridge）東岸，香料滿坑滿谷，印度南洋地中海阿拉伯，飄拂交錯芬馥撲鼻，發出富庶的帝國氣息。菜攤油綠晶黃，果欄肥紅濃紫，西瓜居然跟台灣一樣甜沙。魚市更好，花枝章魚貽貝翠螺，紅鯔黑鱸白鯧青斑，還有剝了皮的軟紅海鰻，沒有飛機貨，全是本地近海所產，海鷗在攤邊虎視眈眈。

吃飽魚鮮和瓜果，醺醺然走回橋上，終於覺得踏實，找到真切道地的威尼斯。那和夢幻根本無關。

夢想中真實的威尼斯或也還有，在小巷拐角之處，在水畔磚屋之內。

曼珠沙華

地鐵的電梯邊，高掛一張冷豔面容，沿途俯視人間，是一齣歌舞劇的海報，叫「蔓珠莎華」，劉雅麗媚眼紅唇，要搬演梅豔芳傳奇。應該有點看頭吧，劉雅麗夠雍容，渾厚而滄桑，確有梅派神韻，就是不夠沉痛，少了點胭脂氣和江湖味。

Man-ju-sha-ka，舊日豔麗已盡放，Man-ju-sha-ka，枯乾髮上，花不再香，但美麗心中一再想。我在心裡低哼，也暗自嗤笑，真是胡說，這花根本不香，八十年代滿腹激情，說出來卻都是浮詞套話，忒多塑膠腔，這歌詞「娘」得酸掉牙，可是被阿梅一唱，竟然就有了曲折明暗，沉鬱而且蒼涼。

今年秋天要跑醫院，沒法去京都，十月底了，蔓珠莎華大約早已開過，亂蕊殘絲，散落在小徑上。

往年總是初秋去，照例住在東山，每天散步閒踱，走過南禪寺，奧丹，永觀堂，折入哲學家小徑，花樹夾道，河溝清淺，水底有歷歷游魚，路邊有白貓出沒，舉止夷然眼神淡漠，頗有京式派頭。

彼岸花，美麗心中一再想。

貓不理人，愈叫愈走，竄入花間。這花也怪，一條光桿旱地拔蔥，沒枝沒葉赤條條開著，唯有頂上團團簇簇，蓬蓬一大朵，花絲瓣蕊四濺，如獅鬃龍鬚，張牙舞爪怒騰騰的。

什麼花呢？找人問，一個穿紺藍罩衫的歐巴桑正好走過，關西腔慢條斯理，吐氣如蘭，這個啊，我們叫彼岸花（higanbana），也有人叫蔓珠莎華哪。

啊，原來是它，彼岸花，日本的死人花，夏日枯葉，秋日開花，花葉永不碰頭相聚，象徵死亡與分離。東洋民間傳說，這花開在黃泉路上，三途河（冥河）邊，一路火紅照眼，接引亡魂到彼岸。

這個「彼岸」，其實不是地點，是節令，指的是春分或秋分前後數日，那時日本人會帶著線香和米糕，上墳拜祭，此花正好在野地盛開，因以得名。可是傳說太淒美了，大家更願意相信，這就是冥河邊的亡魂花。

生死陰陽，惹人望文生義，神思遐想，滋生出無數詠歎，於是從和歌俳句，小說電影到流行曲，傷感文章做不完，除了本國自用，還滿盈溢出，外銷到四邊鄰國。梅豔芳的〈蔓珠莎華〉，就是翻唱山口百惠的同名曲，後來王菲也有一首〈彼岸花〉。

日文寫作「曼珠沙華」，傳到香港後，加了兩個草字頭，錦上添花，更柔媚有賣相。但這日文也是進口的，來自梵文音譯的「曼珠沙華」，是佛經常提到的天花，或紅或白，纖妙柔軟成團，能使見者感動，遠離頑強的業力。不知何時，這曼珠沙花卻從印度逸出，渡海登岸，成了日本的彼岸花，而且從天上墜入黃泉，變成陰森的死人花。

但我懷疑，日本的彼岸花和印度的曼珠沙華，並不是同一種植物。南亞和東亞風土相異，植被生態差別甚大，彼岸花學名紅花石蒜（Lycoris radiata），原產於中國的長江流域，性喜陰濕冷涼，極不耐熱（所以才秋天開花），連台灣和香港都少見，印度恐怕更難生長。佛經中的花木，如蓮花、芒果、芭蕉、甘蔗、安息香，多產於熱帶，曼珠沙花應該另有其物，並非紅花石蒜。

然這花有異國風，哀豔味，宜於耽美，令人浮想聯翩，便於誤會和附會。但也要看文化氣質，中國人就不想那麼多，有啥說啥，看它開紅花，地下鱗莖又像蒜球，就喚作紅花石蒜，又因此花平時不見蹤影，入秋後突然刷地冒出來，嚇人一跳，所以也叫「忽地笑」，或者「平地一聲雷」，雖不浪漫，倒挺有喜感。

幸而有誤會和附會，石蒜才變成蔓珠莎華，膾炙人口，傳唱至今。也幸而有

浮詞濫語，才見出歌姬功力，她的丹田肺腑，超越文句，把塑膠腔淬煉成晶，
把我們拽到空靈的彼岸。

馬場維修記

鄉原古統『麗島名花鑑・有明葛』（局部）

那一天

快過年了，有八天假，會不會閒得慌，正好他打電話來報社，哼哼唧唧說無聊。我一煩，話突然從嘴裡衝出去，「好啦好啦，那就找點事做唄，要不我們結婚去。」

他連聲說好，明天就去註冊處預約，又再三叮囑我，一定要來啊。放下電話，我繼續埋頭寫稿，心裡有點虛，不知道剛才說那話的是誰，簡直胡鬧。

但我還是訂了機票，帶了件小禮服，飛到倫敦去。他笑嘻嘻來接，說預約好了，給排在十四日，早上九點半。十四日？我說，好像是情人節呢。咦，他說，有這個節啊？難怪了，註冊處說那天人多，逾時不候，讓我們別遲到哩。

那一天，非常冷。一早起來，天色烏沉，撲簌簌下著鵝毛雪，我鼓起勇氣，穿上那件低肩露背的洋裝，披了大衣還打哆嗦，他拉著我火速衝到樓下，鑽進車子裡，駛往北倫敦的哈靈格區公所。

雪紛紛，沾滿橡木和梧桐，前路茫茫。來得及，現在喊停，下車逃走，要不就說肚子痛……啊，怎麼就到了。上樓走到註冊處，一陣談笑聲，朋友都來了。

接待的職員看來很高興，「你們到齊了嗎？可以開始了吧。」這麼早？還不到九點哩。

「是啊，上午本來有四場，都打電話來取消了，說太冷，不想來，就剩你們啦。」

原來可以取消……可是大家都坐好了，註冊官走進來，是個薑茶髮色的胖婦人，公貓臉，戴寬邊眼鏡，抱著一疊書冊，和藹可親，像小學老師。「for better for worse」，於是我們也像小學生，「for richer for poorer」，逐句逐段，跟著她唸誓詞。

在課堂，我照例要走神，嘴裡唸經，眼裡盯著手中的花束。早春的黃水仙和奶白鬱金香，開得傻呼呼，裹著蒼翠的羊齒葉，都是我自己挑的，會更好，會更壞？「and thereto I give thee my troth」，這 troth 是什麼啊，看來像 trotter，是種豬蹄嗎？所以就是給你豬蹄，讓你啃一輩子骨頭？

換了戒指，在書冊簽名畫押，見證的朋友也簽了，背書連坐，逃不掉了，註冊官闔上姻緣簿，發下一張執照，跟我們握手道喜，貓臉笑咧咧的。

接下來可忙了。中午去城裡的「鍋裡一隻雞」，是家我們常去的法國小館，紅酒燴雞做得特棒，八個人痛吃暢聊，就當喝喜酒了。然後趕到維多利亞火車站，過英吉利海峽，去懷特島（Isle of Wight）度蜜月，抵達的時候已是晚上，火車忽然停了，很久之後，終於有廣播說，由於大雪，路軌出毛病，請大家下車，走過鐵橋到對岸換車。

那一天，到底有沒有說「我願意」，還真記不得，但走那條鐵橋，一輩子也忘不了。他緊緊抓著我，雨雪交加，寒風咻咻叫，如亂箭颼颼射來，鑽皮刺骨，眼睛睜不開，肉都快給吹散，偏偏那橋沒完沒了，漆黑陰冷，延伸不盡通往地獄，上面是天腳下是海，哪都沒得逃。

那一天真夠嗆，兩個人濕得像落水狗，飢寒交迫，深夜才到旅館，吃完腥冷的烤魚，撲在垂著軟緞的四柱床，倒頭就睡。我夢見水仙長著貓臉，天上下著豬蹄，咚咚落在鐵橋上。

但是，十七年前的二月十四日，我做了這輩子最好的事，沒有逃。

好啦好啦，那就找點事做唄，要不我們結婚去！

菜刀在書桌上

晚飯後，一如平常，我們出去散步，走到山坡上。海風惻惻，夜景閃閃，燈火裡有千門萬戶，溫暖安全，正在休息生養；遠方的日本，卻有無數人家離散破碎，翻天覆地再也回不去了。

豈知回到家，我們也進不去，門被反鎖扣絆住了，我怪他粗心，出門時沒把那扣扳平，於是去村裡的管理處借工具，敲打半天才弄開。就這麼蠢，不疑有他，直到進了屋，看到滿地凌亂，抽屜全都拉出，一排排裸裎攤開，才知道遭了竊。

他立即上樓查看，我想找電話報案，可是眼前昏黑，牙齒格格響，手腳僵硬不聽使喚，撥通後語無倫次，英粵夾雜結結巴巴，還好那頭聽懂了。放下電話，我全身顫抖，覺得混亂骯髒，本能地想把地毯拉直，抽屜關上，撥亂反正恢復原狀，忽然想到不能動，警察要蒐證。

經驗總算有點用，十多年前在倫敦，也被闖過空門，警察來了，看到我抹掉掌痕鞋印，家當都收拾乾淨，把我們數落一頓。

島上的警衛趕來，沒多久，大嶼山的警員和探員也來了，寂靜的屋裡，驟然人聲雜沓，燈火通明，熱鬧得像夜宴。我沒空發抖了，要清點失物，回答問題，掛失信用卡，翻看閉路電視，還要錄口供，忙上忙下，應接不暇。

現金給搜光了，港幣台幣，還有十幾種外幣，首飾和結婚戒指也搜走了，電腦和手機倒沒動，大概嫌款式老。二樓去陽台的門給撬了，旁邊豎著鋤頭，還有一支耙齒小鏟，都是我的種菜工具，被賊人就地取材，從花園拿上來，以子之矛，攻子之盾，用我的鋤頭劈我的門。

最痛苦的，是看到菜刀被人拿到書房，赫然擱在桌上，我覺得暈眩，胃在翻騰扭絞，分泌出強烈的厭惡感。菜刀和書桌，原本是我貼身常用，熟悉喜愛之物，但兩個擺在一起，卻像錯置的化學品，轟然炸開，把一切都汙染了，書房汙穢不堪，菜刀也翻臉背叛，陰冷閃著寒光。

沒有血跡和兇器，可是觸目驚心，這個本來忠實可靠，溫暖安全的窩巢，現在成了犯罪現場，俗稱ＣＩＤ的探員，忙著拍照、做筆錄和套指紋，我也要「打指模」，油墨黏重，弄得雙手汙黑，搓洗不掉。

折騰多時，一無所獲。花園有閉路電視，但鏡頭全被撥開，除了落葉，什麼也沒拍到，可見是慣犯熟手，已來摸過場探過路。全屋上下，只採到一枚指紋，要帶回警署化驗，菜刀也得拿走當證物，探員沒帶證物袋，還跟我借食物密封袋。

港片和八點檔的CID，總是深沉精悍，目露兇光，這幾個探員卻輕鬆隨和，大概是小案，他們沒怎麼蒐證調查，倒是認真填表格、寫報告，逐一細問失物價值，以及外幣的名稱和金額，「印尼錢是盾還是盧比？」「歐元匯率幾多？」非要我換算成港幣，統計金額，像查帳多過查案。

做筆錄的探員最厲害，問了幾句就動筆，考作文般埋頭疾書，洋洋灑灑寫滿幾頁，然後給我看。出乎意料，他字跡蒼勁，文理清順，敘事翔實有感情，而且鉅細靡遺，把我說的都寫了，包括感受，譬如「我地（們）入門後好驚啊」。寫得挺不錯哩。

凌晨時分，他們收隊走人，屋裡恢復寂靜，但再也不安寧。恐懼像蟲子，嗤嗤嗦嗦從暗夜爬出，到處竄走瀰漫，鑽進被窩，咬得我睡不著，一閉眼，我就看到書桌上的菜刀。

我累極了卻睡不著，稍一朦朧，赫然見到菜刀和一隻隻拉開的抽屜。

家奴與心賊

臉書的「讚」（like），有時令人迷惑，譬如我上去訴苦，說家裡遭小偷，朋友竟也伸出拇指，個個說讚。我想到最近看過一篇文章，作者說，哪天他貼上自己的死訊，下面大概也是讚讚讚。

沒辦法，設計臉書的那幫Geek，情感邏輯原始簡單，要嘛喜歡要嘛不爽，哪有工夫跟你分什麼驚愕、悲憫，同情或者惆悵。不過，我知道人家是好意，這些拇指和留言，還真管用，我好幾天失魂落魄，就靠上臉書和寫妹兒，訴苦抒發，接到朋友的電話，更是悲從中來，滿腹委屈，絮叨叨一遍遍說，等於創傷治療。

竟這麼脆弱，我也很驚訝。人世險惡，每天都有兇殺搶劫欺詐，偷竊算什麼，雞毛蒜皮小事一樁，況且損失有限，人都平安，這屋子最貴重的，不就是人和地皮，賊都偷不走，有什麼好怕的。可是，理智就是失靈了，杏仁核壓倒額葉，恐懼瀰漫大腦，風聲鶴唳，杯弓蛇影，我覺得到處有人窺伺，園丁工人路人，個個鬼祟可疑，花園外斜坡邊樹林裡，死角盲點危機四伏。

白天還好，忙著亡羊補牢，找人來換鎖、裝警鈴、加欄杆——防賊就是自囚，重重設限，把自己關起來。還要抽空跟保險公司吵架，他們無賴，要看各種文件證明，失物須有照片和發票，外幣須有收據和匯兌水單；天哪，只差沒要出生證明了。而且呢，就算單據齊全，他們說根據條款，出事時沒人殘廢傷亡，只能賠港幣兩千五。簡直白日打劫，這也是一種賊啊。

入夜就麻煩了，惶惶然惴慄不安，我累極了卻睡不著，稍一朦朧，赫然見到菜刀和一隻隻拉開的抽屜，遂悚然驚醒，獨自下樓看電視。電影台在播《危機四伏》（What Lies Beneath），這片早看過，蜜雪兒菲佛真慘，家裡鬧鬼，丈夫又不忠，先欺瞞後追殺，陰森驚恐，人比鬼更可怖。三更半夜我一個人看，反倒以毒攻毒，挺有治療效用，驚心和恐懼面面相覷，不知是滌清淨化，還是抵消相沖，我心裡有什麼漸漸放鬆了。

恐懼，是認知的死角盲點，有心賊潛伏出入。我不怕蛇，不怕鬼，甚至不怕死，知道自己患癌，泰然無懼，一滴淚也沒流過，但遭小偷竟怕成這樣，心驚肉跳吃睡不安。朋友都說，「人平安就好」，然則人雖無恙，心卻受創，惶恐騷亂，給賊人偷去寧靜安詳，損失難以估量。

我在怕什麼？這事擊中要害，讓我看到自己的認知死角，難道家居屋宅，比我的身體生命更緊要？我太宅了，黏家戀屋，緊抱安穩，孜孜矻矻守著窩巢，畫地自限，從宅女逐步退化為家奴，成了個懦弱焦慮的小中產。

破財失物，都是身外皮毛，無關生計命脈，大可豁達淡然，甚至寬厚悲憫，就像老友月庵留話相慰，「為鼠常留飯，憐蛾不點燈，遭竊就當施捨唄。」但這等修為境界，我恐怕做不到，破財失物只是氣惱，被入侵的惶怖恐懼，才最要命。好吧，算我戀家，奴性深重，但戶宅家居，不是人身的安全堡壘，生活的最後防線嗎？

入屋行竊，粵語叫爆竊，英文謂 burglary，重點皆在破門入侵（breaking and entering），進去了偷不偷，都算犯法。相形之下，中文說「闖空門」，甚至把竊賊叫小偷，就輕描淡寫，並無踰越侵犯之意，可見人身私隱的觀念之異。

丹麥鄰居美斯來探視，握緊我的手，「真邪惡，太可恨了，你要堅強呵。」她沒說「破財消災」，讓我心有戚戚焉，是啊，這不是災劫，是邪惡。

馬場維修記

快活谷有兩個勝地，一個是馬場，一個是墳場。我這房間都看得到，景觀開闊無敵，只是呢，從三十二樓望下去，只有稜邊沒有厚度，什麼都瞧扁了，一塊綠油油，一塊油綠綠，都差不多。

來香港十多年，第一次看跑馬，沒想到竟是在病房。星期三跑夜馬，燈光雪亮，人流如蟻群，騎師賽馬就位，開動起跑，幾團黑點錯落參差，在綠帶上挪移滑動，像電動兔子往前推，平鋪直敘，波瀾不興，沒有馳騁奔騰，沒有汗水塵土，沒有嘶吼跺腳，隔著厚敦敦的玻璃帷幕，不關痛癢，一點也不緊張。

就像我看著這病，惘惘的，淡淡的，不知道是平靜還是遲鈍。昨天剛做過手術，身體明明少了幾塊，橄欖形的引流球在泌著血水，我怎麼還能氣定神閒，吃著甜點看著跑馬，度假似的，沒有傷痛缺失的感覺。

不然能怎樣呢，掙扎抗拒，哭鬧撒潑，反正也沒用。既然零件故障，就得入廠維修，把感覺包妥收起，當自己是車，把身體慷慨交出去，讓醫療工廠去敲打板金，該切該割的，一樣樣老老實實去做。

剛開始，當然吃驚而且氣憤。本來只是例行體檢，卻被醫院逮回去，穿刺掃描切片，然後說我有病，而且是癌症，右乳有一塊惡性腫瘤。怎麼會？我經常運動和幹活，多吃蔬果少吃肉，不抽菸不肥胖不吸毒，生活規律心情平和，好好的健壯如牛，怎麼可能是我？

但這事不容辯解，無理可說，不測風雲，旦夕禍福，抽到你就是你了。況且，我也不是那麼無辜，全世界每年有一一五萬人得乳癌，我這年紀正是高峰期，而且未生育未哺乳，中獎機率更高。

我以為會大哭一場，可是那點悲傷太稀薄，還沒凝成淚水，已經蒸發了。有啥好哭呢？癌症現在是慢性病，早已不是絕症，初期乳癌更是輕微，多半能治好，就是纏身磨人，而且說來不甚體面，沒什麼悲壯感和戲劇性。真要得了絕症，那倒又好了，不必折騰受罪，趁著能吃能動，趕緊去想去的地方，做想做的事，開心盡興，玩到累死。

但這事沒得商量，生病不像買菜，哪容你挑揀講價。手術風險極低，但我還是做好打算，從容就義，視死如歸，這個不難，我不怕死也不怕鬼，就是怕蟑螂。準備就緒，給推進手術房，我盯著冰晶似的手術燈，不知怎地想到阿Q，他被推上刑場之前，才意識這是去受死，「人生天地間，大約本來有時也未免要殺頭的。」

人生天地間，有時也未免要挨刀，總比殺頭強吧，沒那麼痛……麻醉醫生柔聲倒數時，我在心裡笑著說，陷入鬆軟深冽的昏暗中。

安然醒來，又看到青翠的馬場和墳場，醫院夾在中間，是人和鬼的分水嶺，隔開歡鬧與死寂。手術後能吃能睡，胃口好得很，醫院的膳食甚佳，有中西菜單可供點菜，食物清爽少油，卻鮮滋有味，揚州炒飯和義大利麵尤其好。附近還有一家日本甜品店，賣濃醇香稠的奶布丁，有芝麻芒果各色口味，我幾乎都吃過。

飯菜、甜品、還有朋友捎來的鮮果，住院也就三天，中間還有一天禁食，我竟胖了一公斤！呵呵，這跑馬地除了馬場，恐怕還得設個豬圈。

生老病死，人生四季。有埋下的，就有長出來的；有枯萎的，就有盛開的。天地悠悠，時間總一直在走。

我比華爾街正常

住院四天三夜，卻像去了一趟外太空，從跑馬地回到島上，恍如隔世。

回家就跑去買菜，和平時一樣，踏過相思樹山徑，經過木麻黃林，沿著海灘走到廣場，一路上撿毬果、拾烏桕紅葉，和相識的人（以及貓狗）打招呼，在超市跟賣菜阿姊閒聊，她照例塞來一把蔥。沒人問我，「去了哪裡？」「點解好耐不見？」更沒人發覺，我是外星歸來的異物。

回來燒菜做飯，飯後出去散步，金星在山頭閃爍，迪士尼在放煙花，島民在廣場喝啤酒，景物依舊，生活如常。沒幾天，我也恢復運動，每天走兩小時山路到水塘，快步疾行，和山友談天說笑，臉不紅氣不喘，腳力和平日沒兩樣，心情還更愉悅。

歲月靜好，一切如昔，我自覺健壯正常，可是在這世界的分類中，我已經不是常人，是個病人，還是低等的那種，體內有叛變失控的細胞，如異形悄無聲息，正在急速分裂蔓延，神祕，可疑，卑汙，恐怖。

更氣人的是，癌症這病歷，像羽毛沾到熱瀝青，非但永遠黏附不去，而且汙損染黑，可能還會變成我的人格履歷。

因為，大家都說，癌症是壓抑情緒的報應，消極退縮的結果，遭遇喪親或離異的痛苦，無能表達憤怒與沮喪，累積深層的壓力和挫折。總而言之，性格和人生都有問題啦。

在書店，隨便抽出一本談癌的書，很容易就看到這類說法，有個出了好幾本專書，倡導「身心靈」療法的中醫教授，甚且分門別類，解釋不同的癌症的起因。肺癌是理想太高，肝癌是過分投入的工作狂，乳癌來自職業女性的好勝心……，呵呵呵，我忍不住笑起來。簡直像星座，比旺角廟街的算命攤還扯。

照這說法，鬱悶挫折的失敗者會得癌症，積極好勝的人也會得癌症，那麼，是否不上不下，得過且過混日子的人，就能保健防癌呢？

一九七八年，蘇珊．宋塔格，寫了《疾病的隱喻》，檢視兩大世紀絕症的意涵，結核病投射十九世紀的浪漫熱情，癌症反映二十世紀的壓抑與畸形。她說，每個禮拜都有新文章，「宣布癌症與痛苦情緒間的科學聯繫」，三分之二的癌症病人，說自己沮喪或不滿意生活。然而，如果去問沒得癌的人，可能也有同樣感受，她一針見血，指出關鍵，「鬱悶和創傷，根本就是人間的基本事況。」

三十多年後，癌症已非致命，倒是跟心臟病和糖尿病一樣，是文明症和慢性病，不再是神祕的絕症。可是癌症黏附的隱喻，當年宋塔格力加剖析鞭撻，想要去魃除魅的迷思，依然到處瀰漫，而且從醫學、心理和政治，轉移滲透到各個領域。

唉，誰叫這個世界愈來愈病態。以前的癌，是史達林主義，太空人肚裡的異形，牆壁上的滲漏水漬，現在連金融體系和社會人心，這裡一塊那裡一團，都長出各式腫瘤，蔓延感染，難以清割。你看這電影《華爾街》的續集《金錢萬歲》，麥可道格拉斯自己是大鱷，操盤造市興風作浪，反倒義正詞嚴指責世界，說銀行是癌，投機是癌，貪婪是癌。

比起來，我更覺自己健康正常。癌症病人不傳染，沒毒性，不危害人家，更不會製造風暴海嘯，但卻揹了個惡名，冤啊。

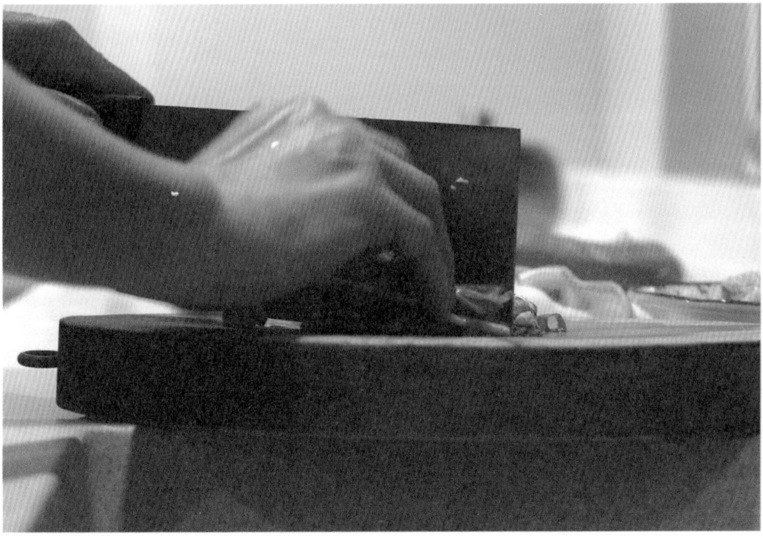

我很正常，正常過日子，正常種地下廚，正常吃喝宴客。

少了幾塊油

忽然沉靜下來，原先嗡嗡亂響，滿空飛蟲般的浮躁，一夜間，忽然塵埃落定，消散無蹤。

一早醒來，嗅到空氣爽脆，粒粒分明，不再拔絲沾黏，我就知道，秋天已經抵達了，趕緊跳下床，載欣載奔去迎接。推開落地窗，草味撲面湧來，由夏日的賁張鮮腥，轉為柔斂深釃。秋是一種神奇酵母，一夜間醱酵熟成，空氣酥了，天頂高了，雲邊毛了，連海色都透亮了，從古波斯藍變成土耳其綠，顫悠悠，如薄荷果凍。

秋天終於來啦，等得我脖子酸。這個夏天可真折騰，特別長，特別熱，特別多雨，特別煩。生了這場病，什麼都打亂了。

秋耕已經錯過，連拔草也顧不得。短葉水蜈蚣遍地橫行，打得韓國草（結縷草）節節敗退，早已攻佔草坪。還有葉下珠，密麻麻不知播下幾萬珠粒。「一枝香」此起彼落，挑出長長莖條，繁花盛蕊，浮出一片紫煙。草地肥怒瘋長，菜園卻七零八落，沒娘養，成了看天田。

奈何武功暫時被廢，眼睜睜看著滿園蕪穢，卻是束手無策，動彈不得。切下的腫瘤很小，醫院給我看照片，直徑一．五公分，連同周遭組織，重六．二克，相當於一塊宮保雞丁，不，是一團肥騰騰的脂肪，晶黃帶暗紅，更像是雞油。大概油多肉厚，傷口幾乎不痛，很快結疤，所幸部位小，醫生的刀法準，手工好，縫出來不凹不塌，幾無異樣。

反而池魚遭殃，右手腋下割去九個淋巴結，因為那是駐守前線，首當其衝的「哨兵」，切下來檢驗，才知道癌細胞有否蔓延。醫院當然也拍照存念，淋巴結在藍布上一字排開，奇怪，怎麼看起來也像雞油，一塊塊赤黃脂肪，油光閃閃。這手術倒像減肥除脂，我在心裡嘀咕，希望他們沒搞錯呵。

淋巴幸而無事，沒有轉移，但哨兵陣亡，少了這幾粒脂肪球，可就嗆了。右手沉重酸麻，舉高維艱，靈活大減，此後不能抽血、量血壓，最糟的是，永遠不能拿重物，使蠻力，幹粗活。雖說做菜寫字不受影響，但我向以體力自豪，樂於負重挑提，喜做粗人鄙事，經此一役，豈不等於半殘？

這可不行啊，我奮力伸舉，握球，用手指爬牆，恢復甚快，肌骨日漸柔軟。園裡還有好些活能做，剪枝，修蔓，綁藤，燒落葉，採青菜，割香茅，摘羅勒和指天椒，捋下莧菜和九層塔的菜籽，以待來年。

至於土地改革，就只好先擱一邊了。阿洛只管修樹剪草，我不要他碰菜田，文蒂熱心，要來幫我翻土整地，嬌姊也說要派花王來，我都辭謝了。嘿，種地幹活不是工作，是美差樂事，豈可便宜他人？

把熟得發皺的指天椒舂碎，和花椒薑米干貝炒香，做成紅油辣醬。又把羅勒加上松子和帕瑪善乾酪，淋上橄欖油，用果汁機打成青醬後裝罐。紅綠並排，鮮烈辛香，我像隻松鼠，孜孜矻矻儲備食物。接下來這六星期要做電療，得天天上醫院，沒功夫燒飯，要存點糧草啊。

雖是看天田，這一季除了芒果，我還收過番茄黃瓜和好幾種蔬菜，其實也不算太差啦。種地有自然法則，生病何嘗不然，我只管認真去治，其他的都交上去，靜靜看天，何其自在輕鬆。

濕傘請放門口

「得啦，唔好郁啊。」

治療師左拉右扯，對好位置後，照例交代一聲，拉上門走出去。我獨自躺在那裡，室內空蕩如大廳，鋼琴曲幽幽流轉，天花很高，雪白的圓穹滲出柔黃光暈，敻遠寧謐，像天堂的接待處。

接下來，卻像進了幽浮的機艙。有一架銀灰的機器，圓盤底鑲著暗鏡，深沉無表情，嘎嘎作響，從我身側慢慢升起，停在上方，駐足凝視一分鐘，然後又嘎嘎作響，緩緩降下。

我知道，那靜默的凝視裡，其實殺聲震天，尖利的光束如亂箭飛射，貫穿我的身體，搗破癌細胞的染色體，轟擊叛軍，卻也炸毀良民，好壞通殺，玉石俱焚。不，別想啦，該做什麼就做什麼，我放鬆心情閉著眼，聽著鋼琴曲淙淙滴落，假裝在做 Spa。

「可以起身啦，又做完一次嘍。」

治療師開門進來，歡快宣布，好像是喜訊。也是，我在筆記又畫一槓，六個正字快要滿了，隧道口已經隱隱有光。

快刀斬亂麻，動手術割腫瘤容易，兩星期已癒合，但亂麻其實斬不完，還得用放射線掃除餘孽，要做三十次治療。除了週末，整整六星期，我每天都要去醫院，煩不勝煩，當初手術檯上的勇氣，早已煙消雲散。

那銀灰色嘎嘎響的機器，叫「直線加速器」，會射出高能量X光，和電不相干，不知為何俗稱電療，聽來有點可怕，過程其實輕鬆，簡直算是舒適，沒有任何痛癢不適，兩分鐘就完事了。但為這兩分鐘，我得上花幾個小時，奔波折騰得很。

去醫院，名符其實「舟車勞頓」，先坐船去中環，然後搭車去跑馬地，來回近兩小時，碰上塞車還要久。但最久的是醫院，每天排隊等電療，少說半小時，多則一小時；每星期還要見一次放射科醫生，通常要等三刻鐘到一小時，有時一天在醫院泡上兩三小時，等到面青唇白，地老天荒。我總是想到漫畫裡，等到變成一副枯骨的畫面。

不只咧，每兩三週，我要去看一次中醫，偶爾還要回外科覆診，又得等掉兩三小時。我成了專業病號，一星期五天，耗損去二十幾個鐘頭，等於平白少了一天，最糟的是每天都有缺口，像老鼠咬過的乾酪，出門前要準備，回家後又疲累，做不成正事，大把時間，白花花就流進維多利亞港了。

明明已排了預約，又是私家醫院，為什麼總要乾等？香港沒健保，每次電療，可要花上近萬台幣呢，勞民傷財又費時，花錢買罪受，讓人更覺氣苦。一上來，我還去跟姑娘投訴，可是醫生忙，她們也沒辦法，每天都有新病人，我總是見到不同面孔，不同的年齡、語言和國籍，唯一相同的是癌細胞，大家都呆著臉靜靜等候，沒人去吵鬧發牢騷。

我很快知道這個叢林規則，一踏進醫院診所，病人的時間和自我，就急速貶值收縮，縮到像灰塵螻蟻，輕飄飄無關緊要。等到海枯石爛，終於輪到你進去，醫生看到的也不是你，是腫瘤，器官，局部和零件，你不過是一具癌細胞的載體，什麼自我和人格，最好就像濕傘，擱在門口別帶進去。

電療快要做完，我體力仍好，但心情煩躁，癌症搗亂的不是身體，是時間和生活。不怕死又怎樣？原來這個病不需要勇氣，需要毅力、耐性和謙虛，幾個月了，我還沒學會做病人，哼，如果放射線也能把自我縮小，那就好了。

二毛子鬧鬼

香港是二毛子，有樣學樣過洋節，因為心虛，唯恐不及，鬧得比正牌洋鬼子還兇。我們這島上，說好聽呢是華洋雜處，其實是人鬼雜居，這個「人」也不全是人，多半是假洋鬼子，半桶水撲通撲通，漂著皮毛和西貝貨，更加二毛子。《論語》和莎士比亞可以讀不懂，中西節日一定要盛大慶祝，於是乎尋彩蛋划龍舟吃月餅賀聖誕，一律熱烈擁抱，以示學貫中西，左右逢源。

而鬧得最兇的節日，就是萬聖節了。幾星期前，島上的私家高爾夫球車，已經迫不及待扮了裝，車頭貼著鬼臉，車身纏上黑紗，插著叉戟或斧頭，大驚小怪滿街走。等到十月底，妖氛愈發濃厚，碼頭餐館超市咖啡店，到處殭屍蜘蛛，家宅屋苑鬼影幢幢。

萬聖夜的化裝晚會，當然更是高潮，黃昏薄暮，女巫狼人白骨精吸血鬼佛地魔哈利波特，三五成群說說笑笑，走到廣場歡歌熱舞，整蠱作怪，別以為這是小孩把戲，大人一樣玩得起勁。扮裝

先是文鬧，牆頭屋角裝上鬼嚇你。

地興高采烈，不扮裝來看熱鬧的，也一樣樂乎乎。

我雖也是半桶水，中西不通疑似二毛子，可又土氣，向來不過洋節，頂多擺顆南瓜湊湊興。今年搬到這村子，卻沒法倖免了，根據島上傳統，扮裝的小孩去廣場前，會先湧到這個村，挨家挨戶討糖吃。所以本村居民要迎客，把屋子布置成凶宅鬼屋，準備好大桶糖果，黃昏時開起「街坊派對」（block party）。基於同儕壓力，我也得逢場作戲，跟著搞鬼應景。

左鄰右舍爭奇鬥怪，有的在屋外纏滿棉絲，織出巨大蛛網，爬滿

然後是武鬧，大家集合一起搞鬼！

毛茸茸的黑蜘蛛，要不就在樹籬掛滿血斧、菜刀、電鋸，齜牙裂嘴的各式人頭。草地上散著骷髏，豎著墓碑，信箱伸出血手，門口有死神坐鎮，陽台飄著真人大的吊死鬼，衣裾翻飛，陰風慘慘。有一家把車庫變成法老墓，主人扮成木乃伊，躺在紙棺裡，突然筆直坐起，弄得討糖的小孩雞飛狗走，吱吱叫。

這算小兒科，城裡的蘭桂坊群魔亂舞，百鬼夜行，型男靚女玩得更勁爆。但最厲害的，當然是海洋公園，十年前它就推出「哈囉喂」，凶靈猛鬼，至今盛行不衰，我沒去玩過，聽說一票難求，本地人和自由行都搶著去。迪士尼也搞了「黑色世界」，商場就不用說了，費盡心思「整色整水」，裝神弄鬼撈一筆。

恐怖和浪漫一樣，都能刺激消費，也都有典範和時尚，南瓜燈、巫婆、黑貓和精靈，已經嚇不到人，要找更激更辣的招數。港式恐怖，無非電影加上海洋公園的招式，而這兩樣又是近親雜交，血統來自好萊塢的美式驚悚，就靠電鋸、驚叫和茄汁來渲染。恐怖的意義，於是一路下跌，從精神墮落到官能和器物，懸疑驚慄，變成血腥噁心，倒胃口啊。

二毛子不識洋禍，有樣學樣，壞品味倒成了新潮流。近十年來，香港的萬聖節變本加厲，全城風魔，愈鬧愈兇，興風作浪者，除了海洋公園，還有玩具反斗城，商業陰謀如惡鬼，重重包圍，糾纏作祟，逃也逃不掉。譬如我去買糖果，堆積如山的萬聖糖，不是做成眼球，就是斷指、鬼臉和人頭，猩紅螢綠，鮮艷猙獰，怎麼看，都不像能送入嘴的東西。這哪能給小孩吃？還是去一般貨架，買正常的餅乾和巧克力。

萬聖節，其實該吃慶祝秋收的南瓜派，裹糖漿的太妃蘋果（toffee apple），以及一種圓形的靈魂小餅（soul cake）。可是這年頭，誰想有靈魂，還是鬼好玩，魑魅魍魎才迷人，有魅力有市場。

叮叮見聞

鄉原古統『麗島名花鑑・扶桑花』（局部）

上環夢華錄

趙醫生把了脈，平板的臉上，難得露出一絲笑意，「看你氣色挺好，我的藥有效吧。」

哈，我剛才一路快步，走得臉紅心跳，全身發熱，氣色不好才怪咧。不過精神倒真不錯，能吃能睡體力好，電療期間也不虛弱，我還納悶，怎麼活跳跳沒事一樣。我覺得是自己硬朗，底子好，趙醫生卻認為是她醫術高明，藥下得好。醫生和病人都感覺良好，倒也難得。

手術後，我開始吃中藥，每隔幾星期，就去上環的東華三院，趙醫生照例板著臉看診，也照例開同樣的藥，她說，「管用就接著吃唄。」

看藥單，桃仁、當歸、生脈散、保和丸、加味逍遙散、參苓白朮散，都是補益養身之物。西醫是戰，中醫是養，刀光劍影廝殺後，更需生息休養，我不想吃五年荷爾蒙抑制劑，決定繼續吃中藥，長期抗戰，不，長期調養，撥亂反正。

上環比跑馬地好玩，去看病，順便逛街。從碼頭到東華三院，要走二十來分，我常搭早一班船，一路走一路逛，東買西看，玩到快「夠鐘」，這才拔腿跑去東華。這醫院快要一百四十歲，規模可觀，古意盎然，庭中有棵石栗樹，綠蔭遮天，風神颯爽。

參茸海味，舊樓老街，上環像迪化街加上鹿港，殘破裡嵌著富泰，滄桑中暗含華麗，又有幾分《東京夢華錄》的氣息。香港的繁榮是填出來的，從港邊往山邊走，層層推進，有如橫切時間紋理，先跨過干諾道、德輔道這些大馬路，然後高高低低，走斜坡上階梯，穿越橫街窄巷，時空沿途倒流，卻又折疊交錯。

燕窩鹹魚雪耳花膠，金澄紅豔，百物豐饒，夥計凝神挑蟲草，花貓在櫃上呼嚕大睡。紙紮鋪有豪宅和 iPad，蛇店和茶樓緊挨著現代畫廊，臘味廠棺材店旁有型格酒館，古今交纏，新舊磨蹭擦撞，步步蓮花，處處驚喜。

但還是老東西迷人。我穿過文華里，好個圖章街，一條短巷有十幾家刻印攤，田黃雞血木頭橡皮，篆隸楷草立等可取。再拐進蘇杭街，走過王榮記果子廠，灰撲撲的百年老鋪，聽說靈芝話梅不錯呢。旁邊是六十多年的生興米行，方口米桶，鐵杓銅磅，散賣絲苗米油粘米水晶米。粵語和台語，皆稱買米為「糴米」，可惜這動詞和米鋪都已式微。

然後呢，可以從皇后大道走樓梯街，拾級而上，到荷里活道看文武廟。盤香粗肥如蟒，香火繞梁，關公持劍，文昌帝君拿筆，面前供著蔥把和芹菜，祈聰求勤，唉唉，我拜了幾次也沒用，依舊愚笨懶惰。

或是往西走，從文咸東街折入水坑口街，這裡有一家朱榮記，和王榮記沒關係，專賣老式雜貨，店面狹仄，百物堆積如山，僅容一人側身擠過，可是博大精深，什麼都有。瓦煲，陶缸，豬撲滿，雞公碗，棕簑掃把，松木洗衣板，竹蒸籠和籐提籃，還有久違的篾編竹簳，發著木味清香，可以搓湯圓和曬菜乾，我每次來，都能找到寶。

拿了藥往碼頭走，還得去去干諾道西的「陳萬合」，買菜籽和肥料。陳老闆把菜籽舀進小袋，用粗筆寫下菜名，然後包好骨粉麩粉雞屎肥。都是有機肥嗎？他猛點頭，滿臉得色，「有出世紙哩！」其實是張出口憑證。

於是，看完病總是大包小包，滿載而歸。呵呵，中藥也許有效，但是我想，去上環快步走路，逛街搜寶，可能是更好的購物治療（retail therapy）哩。

每樣來一隻

除了夜景和燒味，香港還有什麼讓人驚歎？

有，房價。

香港彈丸之地，寸土寸金，這兩年來，房價扶搖直上，愈發狂野。譬如說，半山和九龍的高層豪宅，（每平方）呎價七萬多，相當於每坪一千萬台幣，一間三四十坪的公寓要上億港幣，搶銀行恐怕不夠，要連中兩次大樂透。

店面更厲害，銅鑼灣波斯富街有個小鋪，年初剛被英皇鐘錶買下，六百呎（約十七坪）要三億八千萬，呎價六十三萬（當然是港幣，下同）。房價水漲，租金跟著船高，銅鑼灣的鋪租，本來就跟紐約倫敦的鬧市看齊，如今更是超英趕美，比第五大道和牛津街還牛氣。

你瞧，景隆街一個七十呎（約兩坪）的小吃店，月租從八萬漲到十二萬。時代廣場旁邊的羅素街，一個五百呎（約十四坪）的錶行，月租一四〇萬，呎租二八〇〇元。幾步外的利園山道，有個隔成三間的六百呎店面，原本分租給護膚品、找換店和「老三陽」南貨鋪，不久後也會消失，變成一家錶行，月租一四三萬，呎租二四〇〇元。

呎租和呎價，幾乎是香港經濟的基本單位，跟恒生指數一樣，每日必見，處處可聞。但一呎到底有多大？我好奇，拿出尺和筆在地上量，畫出一個方塊，邊長三〇．五公分，比 iPad 略寬，踏進去剛夠立正，一稍息八字腳，就會踩線過界，真的是「立足之地」啊。

租房子，平均呎租二十一元，五百呎的公寓，月租至少一萬。買房子，平均呎價五千多，全家都扮蠶蛹，不吃不喝不搭車，但還得返工搵錢，要存一一．四年才夠。這還是現在的行情，今年聽說可能再漲兩成。

坦白招認，我已經買樓上岸，有瓦遮頭，有地種菜，算是立足安身，不必擔心呎租呎價，什麼房價高漲，貧富懸殊，關起門來晴耕雨讀，不干我事，別人的死活也管不了。可是啊，這事就像煙霞瀰漫，空氣汙染，只要你還呼吸，怎也躲不掉。

房價和通脹互相拉拔，這個無須多說，租金高漲，也改變了街景生態，殃及市民生活。我每次進城，就發現又有舊鋪執笠，新店開張，以前的粥麵店、文具行、麵包鋪、佐丹奴，一家家被攆走，換成周生生、米蘭站、手機店、珠寶鐘錶行，店外光鮮雪亮，站著高大威猛的警衛，店裡財源興旺，內地豪客一口氣掃九隻錶，蕭邦愛彼伯爵殭屍丹頓……噯，服務員，每樣都給我來一隻唄。

別以為小店才滾蛋，大店照樣被趕，皇后大道中的Episode，高檔女裝賣了十八年，最近也黯然銷魂，讓位給名牌店。連銀行都撐不住，離Episode不遠的渣打分行也要搬，因為租金狠加一倍，從一五〇萬跳到三〇〇萬，你猜是誰租的？沒錯，又是珠寶鐘錶行。

最要命的是「老三陽」，我去銅鑼灣，總要去那裡轉轉，春天買薺菜和馬蘭頭，秋天買大閘蟹，平時買嘉湖粽、扁尖筍和桂花醬。這店開了四十多年，巴掌大，月租三十五萬，業主加到五十萬，他們賣農產品，蠅頭微利經不起漲租，只好黯然搬走，讓位給錶行。如果沒有「老三陽」，我以後要怎麼辦。

珠寶店和鐘錶行，已經攻佔香港。湊近一看，每隻錶至少五六位數，七位數也好幾隻，標籤上一長串白花花的零，讓人眼花肉跳。啊呀，難道錶愈貴，容量愈高，能裝的時間愈多而且愈耐用？所以，寸金不但能買寸土，連光陰歲月也能採買收購？

海上望香江，繁華真如夢。寸土寸金，立足之地價不菲，讓人咋舌。

鳳凰走春

都在瞎忙，搞到快清明了，才去爬鳳凰山，好在春神姍姍，還能趕上。

今年倒春寒，花樹本來各有時段，初春仲春輪流登場，現在全亂套了，擠成一團搶著開，好處是憋得久，養得足，開起來不可收拾，打翻調色架推倒胡桃車，嘩啦啦豔光四濺，嬌紅甜白，凝紫滴翠，教人左顧右盼，目不暇給，忙得眼睛都要抽筋。

譬如莿桐和羊蹄甲，本來初春綻花，今年晚了，和杜鵑木棉撞期，熱鬧紅火，鮮烈欲燃。從山腰的伯公坳出發，山間漫生羊蹄甲，又叫「香港櫻花」，有宮粉和白花兩品種，像櫻花一樣先花後葉，滿樹瓣蕊，淺緋柔雪，在綠山中格外明媚，香港無櫻，幸有此花可賞，比櫻花豐滿，還多了馨馥清香。

鳳凰山海拔九三四公尺，是香港第二高山，和雄渾的台灣山岳沒得比，但崢嶸矮壯，山石礸巉，卻也奇峭可觀，常有人登夜山，到山頂等日出。香港的山不高，但視野清朗，廣角環迴碧海長天，有頂天立地，獨立蒼茫之感，然彼日雨粉霏霏，懵查查啥都看不清，而且愈下愈粗，濕嵐冷霧，轉為天風海雨，撲面逼人而來。

山友腳力好，談興濃，說說笑笑不覺間，幾隻落湯山雞，也就攀上鳳凰頂，極目四顧，躊躇滿志。風雨忽也歇了，嵐霧未散，峰巒在雲間沉浮，數峰清苦，奇崖陡起，竟有幾分黃山的韻味，只差山禿樹薄，沒有勁逸的怪石古松。但花樹更悅目，向陽草坡有華麗杜鵑，華麗不是形容詞，是人名（Mrs. Farrer，我也不知是誰），此樹矮瘦光溜，近乎寒酸，花朵只有指節大，纖細薄嫩，一大片開起來卻有氣勢，淡粉紫煙，彷彿霞光倒瀉，染滿了山坡。

岩下的樹叢有吊鐘花，朱紅葉芽，晶白花球，串串小鈴掛在枝上，風一吹，幾乎要叮噹作響。吊鐘本是過年開的，以前來都不見花，今年倒趕上了，這花雖然細巧，卻有種雍容嫻雅的氣韻，我看得痴醉，聽到山友遠喚，才趕緊跟上。

下鳳凰，考步法不考腳力，遠比登鳳凰難。先要走一陣山脊，稜線狹仄，兩邊皆懸崖，不容差池閃失，然後要走一大段石階，急轉直下，陡峭高吊如懸空，險要可畏，人稱「天梯」。雨後濕滑，腿腳下盤更需穩健，我們躬身蟹行，摸著石頭過河，亦步亦趨戰戰兢兢。途中碰到一個德國女人，背著孩子來爬山，只見她步法輕盈，呼吸勻順，跟我們說話也不氣喘，真是高人啊。下了天梯到谷地，有高大健美的羊角杜鵑，蓊鬱成林，開著白裡透紅的大花，奪目照眼，跟吊鐘和華麗杜鵑一樣，都是這裡原生土長的花木。天漸晴霽，畫眉開啼，花腔圓潤清亮，山雀和樹鶯也嚶嚶嚀嚀，等到聽見灰頭鷦鶯喵喵叫，還有鷓鴣粗聲急喚，「行不得也哥哥」，就已下山到昂坪了。

昂坪有寶蓮寺，惡俗無甚可觀，素齋也難吃，唯有大佛好看，從山上一路眺望，終於走到他腳下。功課健康家宅，要跟他求什麼好？正在琢磨，旁邊來了個阿嬸，放下雨傘手袋，合掌閉目，大聲祝禱。

「佛祖啊，求你保佑日本人快Ｄ好番，全世界平平安安，香港人身體健康，個個都開心啦。」

我呆住了。沿途花樹山色，無限春光，都比不上這個震撼。

香港的山不高，但視野清朗，廣角環迴碧海長天。

魔幻四韻

「可—餓—可—餓—可—餓—」

三更半夜，誰在窗外大聲喊餓？我們給叫醒了，關了窗繼續睡，餓聲還是追進來，拔尖高亢，穿腦入心，把夢境打殘攪亂。翻來覆去，聽著聽著，愈來愈餓，只好起來煮麵吃。

怎不端一碗去外面，給那叫餓的吃？因為牠不是「哭夭」，是叫春，餓的不是肚子。

每年初春，清曉薄暮，噪鵑高踞樹梢，放喉吊嗓子，一疊聲跨音階，高八度響徹雲端。以前住在海岸邊，遠遠聽見，只覺餘韻悠然；今年搬到靠山的新居，樹深林密，鳥喧雀鳴，噪鵑就在窗外的玉蘭樹上，現場立體原聲，盈耳繞梁，非常之震撼。

剛搬來那陣子，拆箱清掃裝修外加種菜，忙到深夜才睡，凌晨三四點，卻被噪鵑轟醒，第二天成了熊貓，兩隻烏黑大眼圈，行動顢頇，反應遲緩。夜夜折騰，終於不支，管牠叫餓還是喊殺，眼皮糊了萬能膠，昏睡如爛泥，以後也就習慣了，有一兩晚沒聽見，納悶不放心，反倒還睡不著。

穀雨之後，餓聲漸稀，換成急促幽深的四字調，「家婆打我！家婆打我！」

我喜歡的四聲杜鵑，又從印支半島回來啦，從仲春叫到初夏，日啼夜唱，音色瀏亮，遠聽如哨，近聽則近介乎簫笛之間，顫音微微分衩抖動，彷彿綢布泛起毛邊，鮮銳而又鬆柔。

這四聲很魔幻，雖只是四粒單調高音，無樂句無變奏，反覆吟唸不休，然而迎風帶霧，濡染熹光或月色，沾上花氣樹味，隨著朝暉夕陰不同情境，這四韻能幻化各等音色，勾動無限幽思遐想，忽而詼諧，忽而憂傷，或淒厲或綺豔，淹然百媚，怎樣都聽不厭。

不知是搬到山邊，還是氣候暖化生態有異，今年杜鵑叫得兇，清晨黃昏，晴晝雨夜，幾乎全天候嘶喊，堅決執著，不信東風喚不回。

我可以泡壺茶，坐在樹下聽一下午，耳鼓貫滿高頻顫音，澎湃迴盪，嗡嗡作響，比什麼樂團都過癮。聽得興起，獨樂樂不如眾樂樂，我到處打電話，讓朋友越洋聆賞，話筒傳來驚喜叫聲，偶爾也會被罵：「這裡半夜兩點耶，聽什麼鬼？You are totally cuckoo!」

杜鵑是傻瓜和瘋子，也是流氓、春神、皇帝和詩人，身分複雜多重，歧義奧麗豐富。鵑聲單調，但入耳上心，聽在不同的語系和境況，就有不同意思，簡直是魔幻之鏡，照出文化原形。嶺南人聽到「家婆打我」，湖北人說是「脫卻破褲」，江南人認為「光棍好苦」；農民聽見「布穀插禾」，文人卻聽到聲聲泣血，「不如歸去」。印度人說是「Orange pekoe」，英國人則聽到「One more bottle」，「Crossword puzzle」；總之，是什麼人，就聽到什麼話。

好，你聽聽這是什麼話。不久前有個報導說，全球暖化，香港雀鳥早啼，擾人清夢，有人致電觀鳥會求助，還有人去跟區議員投訴，要政府設法驅逐。這個市聲鼎沸的喧囂之島，滿街都在講手機，廟堂廢話連篇，全城八卦流言，卻容不得幾聲嚶鳴清啼，還要去訴苦撒潑。氣啊，我不是杜鵑，聽了也差點吐血。

晚上有牛

走過黃槿樹下，看到路上躺著一隻蚱蟬，可憐，夏天才開始，牠已經無聲無息，魂飛天外。用腳尖輕踢，想把牠撥到草叢，不料一聲尖長的「唧——」，蚱蟬突然彈起，振翅飛走。我嚇了一跳，可是很高興，沒死咧，是叫累了在打盹嗎？

才剛夏至，地上已有蟬屍，而且是第二批了。最早的是黑點斑蟬，幾乎過完元宵，驚蟄前後就開始叫，嘹亮輕快（有人形容是「醒啦——醒啦」），成群在苦楝上吸樹汁，春分之後，又成群在樹下墜落死去，和綿綿春雨，簌簌楝花同歸塵土。

清明穀雨之間，草蟬和蚱蟬相繼出現，平板單直的中音，演講般冗長不見底，近乎機械性，聲勢浩大，懨悶無韻，聽得人昏昏欲睡，卻又噪耳難眠。我們的一分鐘，可能長過蟬的一天，所以牠要爭分奪秒，日間放歌，夜裡繼續高唱，咨爾多士，夙夜匪懈，生活不容易呀。

除了時間，蟬的身體也要壓縮精簡。芒種之後，山徑遍地蟬蛻，夾雜零星蟬屍，翻過來細看，腹瓣、鼓膜、發音肌、共鳴室，體腔已經那麼小，器官都擠在一小處，胸腹卻奢侈留白，幾乎中空，好讓聲音迴盪擴張。果真像法布爾在《昆蟲記》說的，蟬因為熱愛音樂，不惜縮小內部器官，騰空來安置樂器，真箇是以身相許。

只有下雨的晚上，蟬才噤聲不語，輪到青蛙扯直喉嚨，大鳴大放。島上多蛙，山溝溪澗，水渠人孔，入夜此起彼落，呱聲處處。然而不是傳統的閣閣聲，是悠長慢板的詠歎。

「光——光——光——」，低沉渾厚，彷彿從丹田深處發出，聲傳數里，城裡人偶爾來夜遊，還以為是野牛，驚問：「牛會晚上出來覓食嗎？」這話很有見識，一般人就算知道牛哞，也是從卡通上聽來的罐頭聲，還知道牛的食性，更加難得。

一開始我以為是牛蛙，後來才知道是花狹口蛙，又叫亞洲錦蛙，聲大如牛，個兒卻只拳頭大，肥身棕斑，窄頭細嘴（所以叫狹口蛙），見了人還會虛張聲勢，把身體撐脹，體形圓鈍不規則，像一塊發酵過頭的黑麥麵團，在夜色中分外隱蔽，不過牠老是愣在路上，散步時要小心繞過。

蛙和蟬一樣，為了求偶和存活鳴叫，愈大聲愈強悍，但蛙不像蟬，犧牲體腔化成擴音箱，牠更聰明，躲在渠蓋和人孔底下叫，找共鳴室擴音放送，就像人類在浴室唱歌。海灘邊有處排水道口，深長空闊，音效絕佳，是花狹口蛙的音樂廳，每逢雨夜眾蛙喧嘩，高亢宏亮，聲動四方，我總要撐傘涉水，走去那邊聽演唱會。

或粗嗄，或生脆，老嫩厚薄，低吟高吭，乍聽百家爭鳴，其實音律井然，一來一往，此呼彼應，嵌疊混聲，絲毫不亂，但是愈叫鼻音愈重，尾音也愈長，又軟又黏。我不是雌蛙，聽了都覺得性感。

山溝裡還有短促清脆，「噠、噠、噠、噠」的機關槍聲，那是斑腿泛樹蛙，有時甚至響起小狗的急吠聲，那是溪澗裡的沼蛙。夏夜漫步，蛙鳴蟬噪，遠遠還傳來酒吧球迷的鼓譟怪叫，這個生態系，充滿了雄性的聲音。

從傳說中的「叮叮 120」下望，香港人家更親切。

叮叮見聞

做完治療步出醫院，去買個麵包，正好錯過一架茄紫的叮叮，好在後面又來了一架蔥綠的。照例走去坐上層，拐進窄梯時，瞥見梯角凹進一塊，彷彿有個單人座，我心中一動，莫非這是……

是！是！就是它！一上樓，看到綠鐵皮，木頭椅，黃燈泡，我欣喜若狂，剛才等醫生的悶氣都消光了，哇，今天真走運，碰上傳說中的「叮叮120」。赭紅的柚木車架和窗框，椅背也是柚木橫條，被歲月磨得溫潤油亮，藤織的椅面通爽有彈性，比一般電車的硬膠椅舒服多了，燈也不是慘白光管，車頂鑲著一朵朵扁圓形，俗稱「金魚缸」的燈罩，昏暖暖透出黃暈。

我樂壞了，左顧右盼，很想跟同車的人說，知道嗎，這是叮叮120，香港最老的電車哩，一九四九年出廠，六十多歲嘍，原汁原味古色古香，你看這……但人家不是在講電話，啃馬經，閉目假寐，就是絮絮談情，沒人發覺墜入歷史，逆向駛回往日。

向晚時分，車廂淹滿黃光，乘客給暈染出風華，忽然都美起來，有的側臉像湯唯，有的神情如張曼玉，後排那梳西裝頭的阿叔蹙著眉，竟像老去的梁朝偉。搞不好，下一站上來的，就是張國榮，或是穿著鑲滾花衫，剛看完電影的張愛玲和炎櫻。

市聲囂亂，車流如狂，高樓肥惡猙獰，從兩側夾擊包抄，叮叮120斯文優雅，柔若無骨，款款穿過街心，給逼急了，也只輕叫幾聲，叮叮，叮叮，唔該借借，拜託讓路好嗎。街景像電影的慢鏡頭，在柚木窗框悠悠流動，相形之下，外面的世界倒顯得假。

快要到站了，張國榮始終沒來，我依依不捨，走到下層的樓梯轉角，坐坐那僅容一人的「自閉位」，這也是120特有的，方寸暗角小洞天，封存多少孤獨體溫。

電車是香港奇蹟，這城市貪財好色，喜新厭舊，比China更善於「拆啦」，移山填海削骨剝皮，卻留下這活文物。人稱叮叮的電車，一九〇四年開駛，迤邐港島東西，匡噹匡噹走了一百多年，舊制猶存，古意盎然，旋轉棍木窗框手敲鈴，連電扇都沒有，就是這樣才迷人。

但電車公司老要瞎折騰，以前搞過冷氣車，鋁合金車，已經劣評如潮，前陣子法資公司接手，又宣布要翻新車廂，立刻罵聲四起，有沒有搞錯嗄，香港已經七零八落，沒啥好東西了，還要「引刀自宮」？電車公司給罵得狗血噴頭，這才饒過老傢伙，不必送去隆胸整容。

老是老，叮叮能幹得很，現在有一百六十多架，是全球最大的雙層電車隊，每天載客二十四萬，車費全港最平，坐多遠都是兩塊三毛錢，乘客不僅是菲傭印勞，還有祕書、地產經紀、銀行家、送貨員和遊客，別看它慢條斯理，塞車時比的士快，短程又比地鐵便捷，從中環到金鐘灣仔尤其好用。

上班的趕路的觀光的送外賣的，眾生平等濟濟一車，沒有懸殊勢利的階級，這也是香港少有的。遊客搭叮叮，看人看車看街景，混身市井之趣，遠非迪士尼海洋公園可比。這可真是兜風，風從敞亮的車窗灌進來，一百多年前，電車路是香港的海岸線，沿途是維多利亞港，如今已成商廈叢林，銀行交易所粥麵店涼茶鋪跌打館，披露出生活的紋理筋脈。

不只有風有景，而且有聲有味，有見有聞，一路飄來煮牛雜，烤白薯，鹽焗蛋，或者混濁的街市味，我頭也不抬，繼續看書，聞了就知到哪站。叮叮還有一個好，因為車速慢，柔緩平穩，在上層看書特舒服，有天光雲影相照，聲色滋味伴讀，我每天跑醫院，在車上讀完好幾本書呢。

看完病，走過墳場，便來人間。生老病死，一次逛盡。

君體快活嗎？

快活，不一定是活，譬如快活谷，人皆以為，跑馬賭錢興高采烈，所以快活，然則還沒馬場之前，這裡已叫 Happy Valley。英國人遠來這小島，經不起蚊蚋瘴癘，客死異鄉的，就近抬去山邊埋了，有人不知，問說怎麼好久不見威廉了？答的人呷一口麥酒，朝山邊呶呶嘴：威廉啊，他去那山谷快活啦。

埋得多了，地名就這樣叫開。挺好的，中文不也說極樂世界。

我每天來這山谷，治病求生，只為苟活，沾不上快活，好在做完治療，可以去附近逛墳場，找點樂子。從醫院走幾步，便是拜火教墳場，然後是香港墳場，天主教墳場，回教墳場，一路排開，我也就一家家逛過來，一塊塊墓碑讀下去，閒遊漫步，觀鳥看樹，玩得不亦樂乎。

這也是香港奇景，鬧市居然有一大片墳山。快活谷距中環僅數里，墳場外的堅拿道和黃泥涌道，車如流水馬如龍（是呀，跑馬的時候），不遠處的銅鑼灣，黑壓壓人潮洶湧；可是一走進墳場，忽然就鳳尾森森，龍吟細細，令人恍兮惚兮，不知何夕何地。

以前聽一個人說，他初學賞鳥，便是在跑馬地墳場。我那時半信半疑，現在知道一點不假，哪，才走一陣，就看到歡跳的黃尾鴝，怕羞的短翅樹鶯，斑鳩藍鵲就不說了，鶯語丁寧，花樹芬馨。

雲石青碑蒼苔點點，浮雕天使捲髮多肉，墓誌銘誄雋雅古拙，林下幽徑，落花亂藤，讓我想起倫敦的高門墓園（Highgate Cemetery），也難怪，香港墳場建於一八四五年，比一八三九年開張的高門沒晚幾年，風格相近，是當年盛行的鄉村墓場（rural cemetery），把墓園蓋成花園。

這裡原名紅毛墳場，顧名思義，葬的是西洋鬼子，有醫生、傳教士、官吏和名媛，最多的是英軍官兵和家屬，從鴉片戰爭、英法聯軍到兩次世界大戰，殤者皆在此長眠，有如軍人公墓，看年紀，多半二三十歲，有些鼓手和伙夫，根本還是小孩。

也有極少數華人，多是殖民地精英，例如當年的首富何東，第一個華人牙醫關元昌，以及孫中山的老師，參政、興學、辦醫院的何啟。還有興中會的楊衢雲，編號 6348，無名無碑，圓柱削去一截，象徵英年早夭，他一九〇一年給清廷暗殺了，濺血之地，就在我常去買菜的結志街。

再走過去，天主教墳場比較寡淡，星羅棋布行列參伍，沒什麼園林景致，只有幾棵濃茂的雞蛋花，乳白蜜黃，婆娑芳香。可是一說起墳場，大家想到的，便是這裡門口的對聯，「今夕吾軀歸故土，他朝君體也相同」。

這個聯有點不通，對仗和用韻也彆腳，然而淺白通俗，深入人心，不管市井或政壇，吵嘴罵架，常有人指著對方的鼻子說，「囂什麼，幾時輪到你，他朝君體也相同呀！」

是啊，我自以為剛健強壯，忽然間，不由分說就輪到了。然而來這裡逛墳場，我沒領悟到人生無常，反倒覺得好玩。你看，華廈如林，高樓環伺，豪宅和山墳毗鄰而居，生死相伴，可是宅裡的人渾然不覺，毫不感傷，馬照跑樓照炒，何等通透達觀。

墳場還有一點好，山谷遮護，生人勿擾，躲過颱風和斬伐，樹木得以頤享天年，荔枝、鐵刀木、黃牛木、細葉榕、廣東刺柊，都長成百年老樹，青鬱蒼勁，參天匝地。有一棵西印度桃花心木，高不見頂，樹皮如龍鱗，香港極罕見，傳說以此木削柱，能剋吸血鬼。

墳場裡的百年老荔枝樹，生意盎然，遙對墓碑，自有一種反差趣味。

帕西人的黃昏

走進苗圃，嬌紅嫣紫，九重葛開得鬧烘烘，好像在嘩嘩歡叫。往山坡踱過去，鬧聲清冷下來，南洋杉下，羅漢松邊，一方方素淨白碑，一根根豆芽字母，一個個波斯古人，噓，輕聲走，別吵到人家。

正門在另一邊，簡單刻著幾個字，「Parsee Cemetery 1852」。帕西墳場，俗稱波斯墳場，睡在這裡的帕西人，是信奉拜火教的古老族群，老是在歷史裡漂泊，從伊朗流徙到印度，輾轉又來到香港，歸骨於這片山坡。

墓碑清雅整齊，沒什麼圖騰和雕砌，碑文通常雙語，刻著英文，以及一種豆芽字，不知是波斯文或印度文。

麼地（H. N. Mody, 1838 - 1911）的墓最氣派，碑柱高聳，有簡略的銘文，說他生於孟買，五十年來以香港為家，對此地貢獻良多。旁邊的龍柏叢下，是律敦治（J.H.Ruttonjee, 1880 - 1960），附近的灣仔律敦治醫院，就是他創辦的。

尖沙嘴的麼地道熱鬧滾滾，在那裡隨便抓個路人來問，知道麼地是帕西人嗎？恐怕他瞠目以對，咩呀，帕西人係咩咚咚。

然則帕西人的痕跡，遍布港九各地，普及民生經濟，除了尖沙嘴的麼地道，半山的旭龢道，中環的遮打花園，還有滙豐銀行、天星小輪、香港大學、置地廣場、香港總商會、證券交易所……，這城市的文明繁華，都跟帕西人有關，不是他們創辦，就是參與創辦。

帕西人篤信拜火教，崇尚光明，敬仰日月星輝，所以一八八八年開航的港九渡輪以天星命名，曉星金星日星電星，每艘船都是一顆星。

帕西人天生異稟，靈活機敏，善於經營，十九世紀中葉，他們跟著英軍，從印度來香港，先是賣鴉片，後來做絲綢、棉紗、香料、珠寶、地產和船務等生意，也放貸收息，富甲一方。帕西人纏白巾，戴沉重的耳環，粵人呼為「大耳窿」，後來變成港澳高利貸業的俗稱。

然而說到帕西人，我想到的不是富商大班，是一個穿白色緊身衣的小鬍子，華麗高亢，狂恣熱烈，那歌聲閃亮亮卻又水淋淋。還有誰呢，不就是Queen的主唱，九〇年初過世的佛萊迪摩克瑞（Freddie Mercury）。我沒上過他的墳，倒是去過他的出生地，知道他是帕西人，從此對這族群充滿好奇。

那地方叫香奇葩（Zanzibar），是個東非的小島，在印度洋中，有點像香港，貿易發達，文化混血，但海色更美，歷史更悠久，有各種歐亞族群，包括帕西人。佛萊迪的老家，在古城中的阿拉伯房子，石頭牆，銅釘木門，街弄蜿蜒如迷宮；他們家從印度搬到東非，後來因為戰亂，又移民去英國。這些流離的經歷，後來都化為他的養分，非洲雷格（ragtime）、英國搖滾、印度寶萊塢、歌劇和酒館秀……，佛萊迪的音樂光色晶豔，繁富豐美。有人甚至說，他愛穿白衣，在舞台上激昂投入，痴醉忘我，宛如膜拜聖火的儀式。

只是，這火燄孤燈獨照，愈來愈微弱。帕西人被時代潮流沖到各地，雖能創業致富，立足生存，卻未能壯大綿衍，因為他們恪遵教規，堅守血統，不與異族異教通婚，因而香燈不繼，花果飄零，族群日漸衰沒，現在全球只剩十萬人，快要變成部落了。

帕西人精明世俗，長袖善舞，信仰上卻忠耿固執，這一點，中國人恐怕永遠也搞不懂吧。

時間的逃犯

鄉原古統『麗島名花鑑・夾竹桃』（局部）

逃兵自白書

之一

關於九〇年代，我算哪根蔥，本來輪不到我招供的。我什麼都沒幹，而且很早就逃了。

之二

一九九四年夏天，我辭了職離開報社，從台灣移民到英國，蟄居在倫敦北郊，養貓種花烤蛋糕，做起了家庭主婦。朋友多半欣羨，我也樂得寫長信，向人津津樂道攝政園的玫瑰，唐人街的琵琶鴨，漢普斯德森林的夏夜音樂會。

我過得不錯，幾乎是開心。只是，偶而半夜醒來，滿地雪青月光，在丈夫和兩隻肥貓的鼾聲裡，我孑然一身，陷入夢境與現實的夾縫，在黝黑的意識深處，又看到那個刺眼的焦紅印記。逃兵，我是個逃兵，我的額頭和心口，都黥刺著這兩個字。

我是個逃兵，倉皇敗走，逃離台北，逃離新聞，逃離職場，逃離幻滅的三十歲，逃離混亂的世紀末。

之三

我什麼都沒幹。唉，好吧，我也沒幹什麼，九〇年代剛開始的時候，我做過一份週報，叫做「文化觀察」，每週做一個專題，探討大眾文化現象。

那時報禁開放不久，新聞有充沛空間，報社也洋溢著自由氣息，「文化觀察」的版面雖是報社給的，內容卻是自主萌發，從版名、構想到編排，都是幾個人在談笑間商量出來的。這個版的主編，其實是人稱「莫姊」的莫昭平，但她忙著編「開卷」，就把「文化觀察」放手給我玩。

之四

那是一個激奮的時代。

藩籬紛紛坍塌，閘門豁然拉開，困獸掙脫木製枷鎖，踢開霉灰無味的飼料槽，跑到街心歡騰跳踉，虎虎生風，憤憤不平。有那麼多壓抑要平反，那麼多權威要推翻，那麼多不公義要清算，還有那麼多因為長期囚禁而淡出鳥來的鬱卒苦悶，喃喃訥訥，說也說不清，非得嘶吼叫囂，宣洩排放。說是眾聲喧嘩，百家爭鳴，然則句型和辭語，卻充斥著單聲道的文法，從教授到運將，滔滔嘈嘈，都在講同樣的事。拜託，除了政治，還有那麼多勃發的趨勢和事物，可喜可愕的現象和人心，我們能不能說點別的啊？

之五

一生復能幾，倏如流電驚，屈指算來，已經是十九年前的事了。

我翻箱倒篋，從櫃底找出那疊發黃的報紙，逐一摩挲檢視，惘惘若失，悲喜交集。離開台灣的這些年，從倫敦到香港，我搬過無數次家，一直帶著這本剪報，卻從來沒有翻開過。

那段時空，早就被我急凍了，封存在記憶冰原的地底，不敢也不願碰觸。歷史的殘渣總得清理，如今重新出土，雖說斑駁氧化，破碎支離，好歹還有黃紙黑字，可供稽查索引，備案鉤沉。

之六

「文化觀察」做的勾當，簡而言之，就是「掛狗頭，賣羊肉」。表面上報導社會風尚和趨勢，骨子裡暗渡陳倉，夾帶零星觀念，摻混理論碎片，藉由日常文化的解讀批判，企圖拉大戰鬥面，深入心態思維。

一九八九年十一月，「文化觀察」創刊，那時正逢龍山寺建寺二百五十年，所以第一個專題就做龍山寺，我報導這座老廟的空間演變，南方朔的專欄寫教堂和寺廟的角色。以後的專題，率皆循此模式，從新聞時事找話題，收集線索摸索脈絡，以潮流現象的採訪報導，配合專欄的評論分析，虛實兼具，心物合一。

之七

「文化觀察」的專題，大致分為三大類，包括流行事物、社會現象，以及旁敲側擊，對權威體制的游擊巷戰。

那時的流行風潮，有小虎隊的〈紅蜻蜓〉，陳淑樺的〈夢醒時分〉，才剛興起的ＫＴＶ，柏青哥和戰爭遊戲，深夜不休的休閒食品，紅龍和蜥蜴的寵物熱，個人寫真和唯美攝影，匿名聊天的「火腿族」與「香腸族」，翕然成風的占星學，「瑪丹娜在台北」的模仿大賽，當然還有抓狂發飆的流行語。

這些雜然紛呈的事態，一般人或習焉不察，或見怪不怪，「文化觀察」卻要把日常生活「問題化」，剖析其成因，追溯其流變，賦予描摹和解釋。

至於社會現象，「文化觀察」著墨最多，從當年的專題，可以素描出九〇初期台灣的浮世繪：

——開黃腔的「牛肉場」和餐廳秀，解嚴後開始走下坡；

——第一屆媽媽選美，評三圍體態，也給慈愛、忍耐和犧牲等「母性美」評分；

——台灣人愛吃成藥，開放觀光後，「出國採藥」蔚然成風；

——吃檳榔的社會功能，以及階級意義（那時還沒有檳榔西施）；

——職棒元年，棒球從草根的「民族運動」，走向帥哥與賭注的商品體系；

——抽菸的女人增多，是否為了紓解情緒，建立自我，做進步女性？

——安非他命盛行，從「台灣嗑藥史」看禁藥與社會文化的關係；

——便利店興起，改變生活和消費習慣，卻也暗藏同質化的隱憂；

——醫療廣告的「腎虧症候群」，反映精液崇拜，以及父權社會的身體焦慮；

——從大家樂、六合彩、刮刮樂到股市狂飆，賭博為何長盛不衰；
——夜市地攤的非正式經濟，踰越的空間和心理意義；
——黑社會的生態學與地理學，幫派在「企業化」和串連重組後的變化；
——金光黨的詐騙史，「傻瓜還是迷藥」的社會心理分析。

之八

「文化觀察」雖是迂迴包抄，從側翼和底層「挖牆角」，但也有零星的陣地戰，對權威體制攻堅開火，尤其是媒體和空間。

那時電視還被三台壟斷，官營黨役，蒙昧惡俗，郭力昕、張大春和焦雄屏，經常在「文化觀察」寫專欄，針砭影視的迷思怪象。至於反映意識形態的空間，也是「文化觀察」樂此不疲的主題，除了龍山寺的歷史空間，我還做過台北公園史，「花開富貴」摩天樓，中正紀念堂，以及花木政治圖騰等專題。

那時的「七號公園」，還被眷村和警總長期佔用，引發民間的綠地抗爭，後來終於收回，成為現在的「大安森林公園」。而「花開富貴」計畫，就是後來的「台北一〇一」，當年被斥為霸權怪物，現在倒成了台灣的繁榮象徵。

至於中正紀念堂，那時「三月學運」剛落幕，我當然不會放過，跑去找「老夏」夏鑄九，解讀這個政治神廟的時空意涵。直到今日，這地方依舊惹火，始終是政權和意識的角力場。

之九

夜路走多了，終於遇上鬼。

一九九〇年八月，我做了個專題，叫「帶不動唱，救國團老矣！」探討這個戒嚴時代的校園老大哥，如何以自強活動和「帶動唱」之類的團康，塑造集體意識和逸樂文化。除了我和李翠瑩的採訪報導，還有陳昭如和卡維波的專欄文章，分別解析「團康模式」和性的社會監控。

用當時的新聞術語說，這次「踩到地雷」了，不知得罪什麼人，觸碰到什麼禁區底線還是玻璃天花，三個多月後，「文化觀察」就無疾而終停刊了，享年一歲一個月，總共出了五十四期。

一直到現在，我還是不知道，究竟得罪了誰，又犯了什麼忌。那並不重要，重要的是，我真的看到鬼，雖然大家都說時代昌明進步。在自由和開放的草

記者生涯舊照。廿年成一夢，此身雖在，堪驚！

原，埋伏著陰森的刺網，原來你只能在圈子裡玩革命，忘形跑過了頭，就會踩線中招，損手爛腳。

菜蟲吃菜菜腳死，想來也是活該。我只顧著批判別人的威權，對自身體制的權力結構，卻懵然不察，也毫無招架能力。版面可以從天而降，天威難測，自然也可以隨時收回。這個紙上空間，是我最切身的專題，我卻茫然以對，完全無能分析解讀。

之十

在時代洪流中，新聞的長河裡，一張版面的興亡，連一圈漣漪都泛不上，說來微不足道，卻影響我的一生。

做「文化觀察」，讓我自覺學養不足，配備簡陋，只能用淺薄的皮毛知識，初學乍練的西方理論，粗剖硬切，拼湊挪借。一九九一年，我終於存夠學費，去了英國的伯明罕，到文化研究的發祥地取經。

滿懷希望跑了去，不料跌頭碰壁，敗興而返。只怪我去得晚，那裡的拿手好戲，本來是階級和次文化研究，後來卻鬼迷心竅，緊抱法國理論的大腿，被後殖民和後種族搞得團團轉。更糟的是，以前只有研究所，那年增設大學部，老師工作暴增，根本無暇談學論道，偶而在走廊碰上了，他們總是神色倉皇，匆匆丟下一句，「我得去開會了我們下個月再約時間好吧。」

我經常關在圖書館的小間，啃著三明治和高到鼻尖的參考書，晚上踽踽走回宿舍，穿越幾公里的校園，朔風野大，草地微霜。我觸摸不到軟硬和溫度，愈讀愈覺虛無漂浮，尤其比起熱呼呼的新聞田野，理論更顯羸瘦冰冷，飄飄然腳不點地。

經沒取到，倒是因為自炊自食，學會做飯，也交了不少朋友，在宿舍請客吃飯的次數，逐漸多過去圖書館的自閉時間。

之十一

幻滅像病毒，一旦爆發，就會蔓延感染，不可收拾。

在英國混了一年多，我回到台灣，繼續在報社工作，雖說書沒讀好，見識還是長了不少，電池充得很足。我捲土重來，積極振作，在新的單位和版面找空間，一開始興沖沖，滿懷大計，但時移事易，已經找不到著力點。我開始感到虛耗，漏電洩氣，欲振乏力。生命彷彿裂了個破洞，源源流失熱量能源，我一直覺得累，老是在感冒。

學業無成，工作無味，感情更是無望。六年來，那人總是深夜來，天亮走，像鬼魂一樣。白天偶爾在公共場合遇到，他總是裝做不認識我。不，我不是第三者，他未婚，不是外遇出軌，只是還有其他女人，不想牽絆沾黏。

多年之後，終於有「劈腿」這個新詞，但在那時，我不知如何描述這種關係。掙扎陷溺，卻又切斷不斷，讓我更覺羞恥罪咎，甚至不敢跟最好的朋友吐露。而最深層的挫敗，是對自己不齒，你還敢講女權，談性別，搞什麼文化戰鬥嗎？

之十二

一九九三年初秋，我生了一場大病，動了兩次手術，醫生原以為是惡性瘤，開了刀卻又找不到。我倒認為是身心併發症，幻滅挫敗不勝負荷，終於潰堤決岸。身體吃了苦頭，心思卻逐漸澄靜明澈，我像渡假般住在病房，每天看書聽音樂，和探病的朋友談笑聊天。

有過不悔，無情可懺。來去如如，隨緣起滅。

我一點也不難過，比起長久積壓的幻滅感，這病只能算傷風，精神的絕症才更可怕。病癒出院，去過生死的邊界轉了一圈，事情忽然都清楚了。

殘局既不可救，索性推倒抹去，破舊立新，從頭來過。

之十三

我就這樣做了逃兵，換了地方，改了行業和身分，像轉世般重新做人。我到底不是上場打仗的料，比較適合下地耕種，這些年也就安安分分，在菜圃果園裡翻泥除草，做文字的自耕小農。

奇怪的是，離開台灣才十多年，也常回去，明明還是今生，我卻有一種恍惚的前世之感，似曾相識，可又似是而非，時空不知在哪裡斷裂了。

回顧當年的現象，有的煙消雲散（小虎隊），有的依然故我（賭風和地攤），也有的變本加厲（嗑藥和檳榔西施）。當初費力敲擊閘門，以為門後就是改革進步，誰知竄冒出來的，是光怪陸離的異形怪物，世紀末都快過去十年了，社會還在轉型進化，也依舊騷動混亂。

撫今追昔，我不禁納悶，批判解讀現象，卻無法解決與創造，當年做的事，到底有什麼意義？如果文化真是戰場，我們的兵法正確嗎？我如果留下來，繼續戍守迎戰，是否會有任何改變？

然而我既已棄甲繳械，逃之夭夭，站在山頂看馬相踢，不沾身亦沒出力，自然也沒資格說三道四。我能講的，只是一個小人物的經歷，老老實實乾巴巴，有過不悔，無情可懺。因為悔過與懺情，皆需可口汁液，管它是淚水還是什麼，早已被時間蒸乾了。

市井之徒備忘錄

不軟米

在圖書館闕了一下午，吃掉帶來的滷蛋和燻肉三明治，卻啃不下異化和霸權，遂拍案而起，拂袖而去，跑到「鬥牛場」買菜。後天要請同學吃飯，週末要和室友聚餐，唉我根本該去上烹飪學校，讀這什麼文化研究，苦澀無香半生不熟。

秋天黑得早，下午四點已經灰撲昏黯，攤販忙著清貨，競相扯直喉嚨叫賣，咕嚕嚕轟隆隆，舌齒肥腫夾纏不清，這是伯明罕的土話「不軟米」（Brummie），非但不軟，還積存了陳年煤煙灰，聲韻渾濁音色悶黑。

來呦，葡萄五十便士，蜜瓜兩粒一鎊，栗子榛子隨便賣，要買要快！Worroh，你要什麼？「好又鮮」的老闆威利朝我喊。Worroh 就是 Hello，這土話總把 H 無聲吞掉，要不就發成甕聲甕氣的 W。

威利的蔬果攤擺了二十幾年，但在鬥牛場只算小老弟，對面的「埃利斯」開了三十五年，隔幾攤的「超級棒」四十多年，靠路邊的「彩虹」有兩百多年，傳到家族第五代。這還只是果菜部，鮮肉部據說有三百年的老鋪，「鬥牛場」共有三大市場，數百個店鋪攤檔，我不知迷了幾次路。

買了葡萄筍瓜，乾酪鹹肉，貽貝虹鱒，最後兩個蘋果酥，還有大捆紫羅蘭和香石竹，天色已漫漶如墨，四顧蒼茫，遍地狼藉。從聖馬丁教堂走去火車站，廣場上的鴿子都睡了，豐收節的南瓜和玉米已經縮皺，朔風野大，白楊樹嘩嘩亂響，梧桐葉漫天翻飛，殘局凋景，寒意襲人。

鬥牛場在市中心，也真是此地的心臟，市場一打烊，這個城市就昏死過去，由寒風和夜霧接管，路人遂成喪家之犬，孤苦伶仃栖栖遑遑，在街心飄零流浪。草地已經凝出薄霜，在路燈下閃出淚光，回去哪裡呢，等著我的是空蕩的宿舍，冰冷的鍋碗，堆積的書籍講義，泛黃的青春，挫敗無成的工作，以及發霉變爛，早該清理的愛情。

居然有人比我更迷惘，一個留小鬍子的男人走過來，口音濃厚如夜色，「請問 Horse Pickle 在哪裡？」

嗄，什麼馬泡菜？沒有泡菜，市場都打烊了。不不，小鬍子瞪眼搖頭，弄了一陣才搞清楚，他問的是醫院 Hospital，我指了方向，小鬍子悻悻而去，怪我聽不懂「不軟米」。

我也怪自己，長了一張路人甲的臉，不管去哪裡都被人問路，即使那麼倉皇失落，於是傷感的清單又多一項。深秋的伯明罕豈只淒涼，簡直難堪。

靠邊走也迷路

那年三十歲，迷路迷得厲害，在找的其實不是想要的，到頭來團團轉，鬼打牆。但也因為瞎摸亂走，迂迴繞道，闖入意想不到的蹊徑，課堂上沒找到的，卻在市場撞個正著。

來回市場的路上，我收集到的不只是食物，還有零碎的自己。鬥牛場蒼老斑駁，暗影幢幢，因而有種奇異的引力，能召回陳舊的氣味和時光，吸出壓在倉底，乾裂變形的回憶。時間碎片在頭頂紛飛，有我的，也有它自己的，每次去總能捉下幾把，包回去湊集拼貼，重組身世。

這是個老市場，中世紀就開始買賣，引來工匠和小販聚居，十六世紀有人在教堂對面搞鬥牛場（Bullring），人氣愈發興旺，因而得名。這種鬥牛叫 Bull-baiting，不是西班牙那種，是放狗鬥牛，把公牛用繩子拴著，讓惡犬去招惹撕咬牠，觀眾則興高采烈下賭注。那時的英國除了鬥牛，還流行鬥熊、鬥獅、鬥豬、鬥獾甚至鬥人，野得很。

鬥牛走狗，車水馬龍，伯明罕就靠這市場發達，工業革命時，這裡成了英國的產業中心，全世界的工場作坊，然而那時代過去後，黑鄉逐漸衰敗沒落，又要回頭靠市場，鬥牛場的大廳在一九六〇年代年重建，當時是歐洲最大的室內商場。

等到九〇年代我來的時候，這裡卻已蕭條冷清，僅供內部消費，外人絕少問津，然而正是那種滄桑觸動了我，紅肉綠菜的熱鬧深處，掩藏著陰鬱荒涼，牽引出我最隱密的共鳴。

「啊哈，喜歡市場？你那麼絕望啊。」美沁斜睨我，吐出一口煙，「我可不，這裡是白人和印巴人的天下，沒什麼黑人的東西。」

我們坐在聖馬丁廣場，抽著她的手捲紙菸，菸葉是牙買加的，粗濃乾嗆，但有一種蔗香。美沁是加勒比海黑人，在伯明罕土生土長，卻覺得被人當成異類，一氣之下，跑來讀文化研究。系裡有股火氣，除了我們幾個有色人，其他都是歐洲白人，但每個都覺得自己是弱勢異類，說起來忿懣不平。

真正的邊緣人沒話說，只能坐在市中心打混，鴿子和青煙簌簌飛撲，冬陽曬出一股裊裊的甜腥，我猜，是來自地底積沉的瘀黑牛血。市場傳來鏗鏘吆喝，蓬勃鮮活的生氣裡，正在進行死亡與腐爛。

市井如夢

不管到哪裡，我總要去逛市場和墳場，因為比起博物館來，那裡面有更多原汁原味的真相。一個在中心，一個在邊緣，中間圍起是的人生，看看人家怎麼吃食，如何死去；生活樣貌，大抵就在其中。

離開伯明罕之後，我遇到更多市場，認得奇怪的貨品食材，聞到海陸乾濕和鮮敗，聽見溫柔或激亢的方言土腔，收集到各種氣息與情境，生活原來可以那麼歧異。

倫敦哈洛斯（Harrods）百貨公司的食物廳，有非洲的香熟芒果，秘魯的肥白蘆筍，裡海的鱘魚子醬，高地的野豬與鹿肉，糕點精麗如牙雕，連印度烤包（Naan）都格外香口。售貨員笑咪咪，個個紅潤肥胖，顧客則衣香鬢影，抬著臉在美饌間梭巡，有人說，天堂大概也就這樣。難怪我每次去那裡，總覺得像夢遊，輕飄飄踩在雲端。

突尼斯的阿拉伯市場也像夢，幽深的舊城裡，巷道蜿蜒如迷走神經，滿布官能陷阱，金燦的刀劍琺瑯，瑰麗的掛氈地毯，甜媚的薔薇精油，濃馥的肉桂和辣椒乾，以及裝在瓶子裡，晶亮赤紅，頭角崢嶸的乾蠍子。

不管到哪裡，我總要去逛市場和墳場，因為比起博物館，那裡面有更多原汁原味的真相。

我隨口問一張掛氈，不料就此淪陷，抽了水菸、喝了薄荷茶、講了三小時價，最後掏出身上所有的美金，外加腕上的電子錶，抱著那捲刺鼻的羊毛毯，走到陽光下才如夢初醒。阿拉伯人是市場精靈。

鮪魚青蓮蝦醬

亞洲的市場最奇妙，黎明黃昏，正午凌晨，城裡山外，湖心水上，無時無處不可買賣。晨霧還沒散盡，和歌山的漁港已經人聲雜沓，滿地鮮腥的太平洋黑鮪，圓滾烏亮如砲彈，附近食堂賣著腴潤的拖羅，現煮的魚湯。

晚餐時分，婆羅洲的碼頭菜市卻正熱鬧，一把把芬馨的香茅，飽滿的綠胡椒，油翠蜷曲的過貓，還有清馨粉嫩的薑花芽，我買回來插了幾天，然後剁下來煮叻沙。

而該睡覺的時候，清邁的河邊花市還燈火通明，香傳數里，碎冰上有成袋茉莉玉簪，桶子裡有大捆青蓮白荷金盞，攤子擠滿肥碩蘭花，森森羊齒，鮮怒玫瑰；深夜突來一陣急雨，濕氣把花味染得更濃，薰然吹入夢中。

什麼都有得買。河內的市場有鴨仔蛋和藥燉狗肉，仰光的市場有鹽酥蠶蛹，香炸蝗蟲，以及像隻黃板鴨的咖哩山鼠。而走進吳哥窟的暹粒（Siam Reap）市場，爛泥盈踝，幽黯陰涼，擺滿各式魚露蝦醬，腥悶黏稠，深灰暗紫，看起來都像爛泥，當地人才分得清年分與鹹淡。

濕市的旁邊是布市，我和朋友去做裙子。小店僅容側身，密麻麻疊滿布料，掐金嵌銀的豔烈花色，更襯出周遭的昏暗，但老闆娘笑得燦爛，她是第三代華人，會說點廣東話，夾雜國語客語高棉語，混合番禺潮汕加上南洋鄉音，古老破碎，是一種化石語言，沉積著時空和身世烙印，滿布遺蛻的紋理。

我想起遙遠的不軟米。十多年就此過去，我還在市場漂泊浪跡，讀書幹活皆不成，依然沒出息，不同的是，現在我大致知道要去哪裡，想找什麼，找到了又該怎麼辦。

維多利亞的祕密

或者什麼也不找，只是即興隨心，任憑事物迎面湧來，五光十色撩動感官。但一定要去個好地方，譬如墨爾本的維多利亞市場（Queen Victoria Market）。挑高的大廳，有豐富的魚鮮熟食等部門，果菜和雜貨則在露天，內外皆寬綽敞亮，通風乾爽。攤檔共有近千個，大半賣鮮貨，是南半球最大的市場，雲集西澳的海陸鮮物。

他們的好東西也真多，虎蝦粗長如兒臂，皇帝蟹有數公斤，魴魚（John Dory）肥碩而柔細，羊排香滑牛肉甜潤。果菜就更精采，從荔枝到櫻桃，地球上的水果，這裡幾乎都有；青菜也中西兼備，韭黃與蒔蘿並列，大白菜和朝鮮薊同樣肥美，還有個很大的有機菜市，豇豆甜得可以生吃，芫荽大得像芹菜。

小店各有特色，有的做麵點，有的賣東歐菜，有的專攻本地乾酪，連寵物食糧都有專店，擺滿各種生肉內臟。鋪頭陳設雅潔，招呼親切，我在希臘熟食店問東問西，最後只買了點葡萄葉捲（dolmades），女店主容色溫藹，左一句甜心，右一句親愛，老派的用語和腔調，古韻悠然，即使在英國都不易聽到。

這裡有新世界的鮮亮富庶，卻又封存了維多利亞的情調，新知舊雨交融互生，墨爾本人深以為傲，經常問來客，「去逛過市場沒？」不懂行沒關係，市場有專人導覽，介紹食材土產，沿途讓你試吃試喝，還有烹飪學校可供深造。吃飽了走累了，就坐下來喝咖啡，聽路邊的手風琴和爵士樂。這是我心目中的理想市場，美食天堂。然而跟你說個祕密，一百五六十年前，當墨爾本還是個金礦坑時，這裡是一片墳場。

菜市仔命

踏入二十一世紀，鬥牛場全面翻新，蓋了幾大棟商場，名牌雲集，現在成了購物中心，菜市不復舊日模樣，你也許不會喜歡了。伯明罕變了很多，知道嗎，我們那個研究所也不見了，被併到社會系去。

這是美沁寫電郵跟我說的，她依然在做社工，但戒了菸，離了婚，帶著兩個孩子，火氣更大，不過現在氣的，和以前不一樣嘍。她問，何時回來看看？大概不會了。卻顧所來徑，蒼蒼橫翠微，生命不外乎進出各種菜市，而不管找到什麼，走過了就不回頭。

市場癲婆

之一

真不敢相信。男人從涼鞋裡舉起一隻毛腳，勾上女人的小腿肚，用腳趾頭來回爬搔，兩人的臉上，都帶著汩汩淫笑。

不是在餐桌底，不是在酒吧裡，是在超市的貨架旁，介乎湯罐頭和日本麵的僻靜角落。我裝作在選拉麵，若無其事掉頭，把推車駛向火腿部。唉唉唉，好死不死，怎麼就撞破人家的好事，在乳酪櫃的玻璃上，我瞥見自己滿臉尷尬，反倒是那兩人渾然不覺，繼續在摩挲私語。

好大的膽子啊。這是我們島上唯一的超市，差不多也是社區中心，終日人流不斷，除了買菜和辦雜貨，島民也來這裡消閒社交，小孩在貨架間追逐嬉戲，大人碰面寒暄，聊過天氣、房租、渡假、國際學校的義賣、洛林鹹蛋塔或者鱷魚雪梨湯的做法之後，順便去看市場的告示板，找鐘點菲傭、二手家具或者普通話家教。

島上住了一兩萬人，泰半是中產階級，交稅，做運動，家裡養狗和小孩，生活規律克己復禮，雖非雞犬相聞，卻多熟口熟面，敢在超市公然偷情，不是膽識過人，就是昏頭愚蠢，被色慾薰心上腦。不知搭上多久了，要這麼急，難道不能趁夜去沙灘或樹林？哼哼，是嫌摸黑不夠刺激，還是怕被蚊子叮？但走進生鮮部，亂想很快就中斷，梭巡在蔬果肉菜間，我無暇他顧，忙著打量挑揀，琢磨盤算今晚的菜色。牙帶魚看來新鮮銀亮，是清蒸還是紅燒好？喔不，今天的越南膏蟹肥滿碩大，不如買來清蒸拆肉，做蟹黃豆腐，但超市的豆腐粗硬不香滑，不做也罷。

咦，有瓠瓜，要不要刨絲拌上蝦皮蔥花，來做瓠瓜餃子？可是用指甲在瓜皮偷摁，摳不下去，已經不夠生嫩，不好吃了。畢竟秋分已過，瓜類開始粗老多筋，可是天還沒冷，葉菜又不夠甜脆，想炒碟金銀蒜白菜仔，見它粗枝大葉，只好改絃更轍，買了柔滑軟厚的落葵，雖較無味，炒辣腐乳卻挺香。

湯呢？要煲椰子竹絲雞湯，蘋果玉竹瘦肉湯，還是番茄西芹鮭魚頭湯？今天倒是有塔斯馬尼亞來的野生鮭魚，但既要燒帶魚，就不煮魚湯了，免得「撞菜」。真討厭，超市沒有野葛菜，豬肉也是廣東來的冰鮮肉，死白灰黯，今天又沒空去街市，不然買到本地的元朗豬，就能煲野葛蜜棗豬腱湯，清潤甘香得很……

「係呀，今日D瘦肉都唔靚！」突然有人搭腔，把我嚇了一跳，我以為自己只在心裡碎碎唸，其實已經喃喃說出聲，像個癲婆。

之二

怎能在市場偷情呢？買菜已夠讓人意亂情迷，精疲力竭。要望聞問切，目光如炬，以便洞察鮮敗，識破好壞；要明察秋毫，從產地、日期、成分、營養、熱量到包裝形狀，都要看個仔細，以便隨時警覺生疑。要快速心算，估計折換熱量和斤兩，魷魚和雪花肥牛哪個膽固醇高？炒米粉是否比海鮮焗飯多油？菜心一磅七塊三，一斤等於九塊六，比昨天貴了兩成。還要和超市的減價心戰，橄欖油買二送一，除以三每公升才便宜五角，日期又只剩半年，分明是「搵笨」。

雖只用到小學程度的算術，可是要全神貫注，開動工具理性和心智記憶，繃緊視嗅觸覺諸感官，高速運轉分判決斷，所以豈只像癲婆，結帳時，我已經殫精竭智，近乎虛空耗弱。是啊，誰教我腦子差又兼龜毛，有人買一打啤酒兩公斤牛肋骨五盒凍披薩三袋薯片，來去如風，僅花了幾分鐘，人家把感官用到更好的地方。

例如史丹，那個偷情的男人，啤酒肚，山羊鬍子，喜歡玩風帆，是個飛機技師。那女人我也有點認得，灰藍眼睛薑黃頭髮，好像叫黛朵，和史丹住同一村，小孩也同班，兩家人常一起烤肉，煙燻火燎的，不知何時引爆燃點，開始乾柴烈火。看這猛烈的勢頭，只怕要燙傷燒爛，池魚也跟著遭殃，可憐史丹的太太，她是個爽朗愛笑的泰國人，教過我做芭提雅蒜香雞。

可憐的中年人，瘋起來即便奮不顧身，姿勢也多半難看，沒法淒美浪漫。啤酒肚肥漢勾搭上黃頭髮師奶，兩個都一把年紀，也不美，還要在市場磨磨蹭蹭，猥瑣又馬虎，實在無法讓人同情。中年與中產，難道就這麼貧乏刻板，連出軌都乾巴巴，缺乏揮灑想像，外遇也只能貪方便，揀個鄰居就近幽會，真是可鄙又可憐。

然而提著菜回家的路上，秋風逐漸把鄙夷吹涼，悲哀在心底升起，不只為他們，也為自己。嘿，你又好到哪裡去？你把狂熱消耗在市場裡，悶燒在廚房中，見了各色生鮮就兩眼放光，心旌動蕩，暈頭轉向，迷戀癡醉不能自拔，難道不是長期的精神外遇，專業的走私偷情，對象還是沒有體溫的食材，瑣碎貧乏近乎變態，不是更加可悲？

之三

一進廚房，那點悲哀像麻雀眼淚，很快就蒸乾了，我是個怙惡不悛的食物狂，偶爾有點傷感，但絕不悔改心軟。

廚房是我的私人遊樂場，也是發電站，買完菜的虛空耗弱，回到這裡就強力反彈，重新鼓脹添滿。從環保袋裡掏出戰利品，新主意又源源湧出，前天去上環，不是買了珍珠肉嗎，用它煲個花膠螺頭湯吧；落葵改用南丫島蝦膏炒，老用腐乳多沒趣；龍蝦用蒜粒和芝士烤，也許灑點蝦夷蔥——還是沒買帶魚，因為轉頭看到青龍蝦，又被迷住。

美國名廚 Thomas Catherall 說得真對，「有精采的食材可用，讓人高興一整天。」精采不是稀罕珍貴，是新鮮生脆，有豐美的食材，才能勾動想像和慾望，激發下廚的心思靈感。做菜，是從去市場的路上開始的，沿途載欣載奔，滿心興奮，不知道今天手氣如何，會不會有豔遇，碰上絕妙美物。

島上的超市太無趣，只夠餬口維生，想找好東西，得往外面跑，所以我經常搭船進城，遠征各地，到傳統街市四處搜括，市場版圖遍及港九新界。上環的海味乾貨，北角的嫩豆腐，油麻地的牛丸，灣仔的滷水鵝肝，筲箕灣的手打魚蛋，元朗醬園的自釀生抽，上水草藥攤的雞骨草，九龍城的鮮蚶和潮州豆醬，中環的貴妃蚌和脆皮燒肉……

只是一鑽進街市，我就逛得失神走魂，以至於歧路亡羊，經常忘掉到底要來買什麼。市場是階層和角頭縮影，買菜除了送蔥，還附贈充沛的形色氣味，淋漓的議論笑謔，行情起落與人情往返，在斤兩和碎銀裡，嘩嘩流動交換。

之四

街市迷人，但也還不夠，有些東西要去店面採辦，我的市場版圖裡，還有濃圈密點的鋪頭和超市。

中環的 Oliver 有各種果醬，「有食緣」有頂級醬油和百年陳醋，金鐘的 Great 有好吃的酸酵麵包，銅鑼灣的「老三陽」有扁尖、薺菜和大閘蟹，太古城的 UNY 有沖繩苦瓜和北海道松葉蟹。而國際金融中心的 Citysuper，有法國生蠔，加拿大海膽，希臘無花果，智利紅藨子，黃白橙藍各色乳酪，也有台灣來的酸筍和蔭油，更令人流連忘返。

啊，我還知道旺角有家香料店，賣濃醇道地的印度咖哩粉；香港仔有家義大利超市，賣一種美味的 ricotta 軟酪；西環有家小鋪，能買到漬透的鹹檸檬，以及滑潤如膏的糖心皮蛋……

對買菜狂來說，香港確是購物天堂，不只有各國醬料食材，且自由開放，只

廚房是我的私人遊樂場，也是發電站，買完菜的虛空耗弱，回到這裡就強力反彈，重新鼓脹添滿。

要不帶穿山甲，魚肉果菜入境無礙。我的菜市版圖，因而延伸到附近城市，反正我到哪裡都要去逛市場，一逛就眼花心亂，很快淪陷陣亡；後來學精了，搭機前再去市場，親自宅急直送，確保生猛新鮮，有時還趕得及做晚飯。

回台北固然要大肆補貨，去上海、成都、曼谷、吉隆坡、東京或雪梨，我也常順便買菜帶回來，不是什麼珍品，無非是火腿、豆醬、魚乾、辣蔘、櫻花蝦和山椒芽等物，不是脆軟易折就是鹹濕濃味，無法入箱寄艙，只能肩挑手提，一路小心呵護。

在成田機場的候機室，回港旅客人手數袋，裝著六本木和南青山的名牌，只有我抱著背包，塞滿從築地市場買來的魚子、山蔬和醬菜，寒蠢茫然獨坐一方，然而想到買了紫蘇花穗和獨活嫩芽，可以試做新菜，不禁喜形於色。

「咦，你笑什麼？」去拿報紙的W走回來，詫異相問。結褵十數年，可憐這人還懵懵然，不知身邊有個癲婆，偷情戀物買菜成狂。

之五

然而連索因卡（Wole Soyinka）都說，世界就是個市場。

「市場是流浪的靈魂，或單純／喜愛沉思者的避風港。／每個攤位都是間神龕，供奉了／林林總總、各類紀念品的莊嚴洞府。」（《撒馬爾干市集》）

對貿易和經濟來說，世界也是個市場，而人類無非是消費者。對買菜狂來說，世界當然是個市場，海角天涯皆可血拚，不僅為了品嚐風物，更為了汲取當地的聲色情味。

市場也是慾望的基地，滿布人性，直接而原始。從這點來看，史丹和黛朵更顯得平庸，他們的醜聞鬧開了（不是我說的），給平靜的島上帶來一陣騷動，然而沒有高潮起伏，很快就落幕。黛朵和丈夫分居，帶著兒子回澳洲，史丹一家消失了幾星期，我們以為搬走了，他們突然又冒出來，坐在廣場吃薯條喝啤酒，笑著跟人打招呼。

人家沒事，旁人也不問，就當什麼事都沒發生，裝瞎扮聾，恪守中產階級的默契。只有在超市碰到史丹的太太，我才知道那是怎樣的災難，她的眼睛全暗了，隨手拿起柚子，毫不挑揀，茫茫然像看不到，說話低聲遲緩，老是左顧右盼。你知道香蕉花沙拉……我吞回想問她的話，因為在她周遭，食物都失去光采和味道。

一頓喝三碗

傍晚下班時，W打電話回來，說在船上碰到潔西，叫她一塊來吃飯吧？潔西最近從紐約調來香港，剛搬來我們這島上，常上我們家搭伙。放下電話，我趕緊追加預算，拌了盆怪味雞，煸了碟蝦籽茭筍，煎了個菜脯蛋，又撈出自醃的四川泡菜，電鍋裡的蓮子眉豆粥早已煮好，只能往裡攪些燕麥糊，灌水加碼。

加得太少了，粥和菜被掃得精光，潔西起碼吃了三碗，咂舌舔嘴，逸興遄飛，連聲說：「太舒服了！」

對我來說，粥這東西是私隱的，尤其在自家吃，近乎私房禁臠，只宜與至親好友、深諳食性者共享，和半生不熟者一起啜飲，更覺尷尬。潔西不是熟客，但這頓家常清粥，卻把距離一下子拉近。

喝粥就是舒服

粥真是奇妙的物質，能甜能鹹，可稠可稀，亦富亦貧，似飽還饑，那鍋寬容模糊的漿汁裡，有私密的慰藉，柔潤的滋養，但也夾砂帶糠，經常要燙嘴磣牙，暗藏隱痛與滄桑。世界各地都有粥，但中國人對它最有感情，因為喝得最多也最久，唏哩呼嚕兩三千年，世世代代的鍋裡碗底，凝積出一部半流質的歷史。

喝粥就是舒服，尤其熱天溽暑，吃粥清爽消熱，做來簡潔俐落，既開胃又貼心。反正是小菜，殺雞不用牛刀，無勞大火熱油，只須輕煎慢烤，輔以涼拌醃泡，就夠變出一大堆。而且少量多樣，更可任意揮灑，興之所至，弄它個滿桌小碟，五顏六色食前方丈，舉箸顧盼自雄，但又覺得好玩，像辦家家酒。

炎炎長夏，茶飯不思，只能以粥度日。週一苦悶，要吃粥解壓；週二下暴雨，要吃粥去濕熱；週三中午有餐會，晚上要吃粥消膩；週四買到鮮嫩蠶豆，燒雪菜下粥最妙；週五有鹽水鴨，怎可不吃粥；好不容易到了週末，更要吃粥消閒。

W經常出差，不管去紐約還是深圳，回家一定嚷著要喝粥，說可以洗塵清胃，去疲勞和調時差；日久漸成習慣，我們出門旅行，倦遊歸來也例必吃粥。兩個都貪嘴，渡完假總是胖著回來，在外頭狂啖異國風味，並不想念家常菜，奇怪的是回家一吃清粥，卻如大旱逢雨，頓覺甘香滋潤，舒暢不可言喻。身心清爽了，腦子也跟著醒轉，吃粥於是像種儀式，養胃兼且收心，開始老實過日子。

寬容模糊大度

天天都吃，卻一點也不煩，因為我從沒吃過一樣的。粥這東西看似小眉小眼，其實泱泱大度，恢宏包容，鹹淡厚薄無所不能，地瓜鮑魚皆可入味，本身已有千百種變化，加上形形色色的下粥菜，兩相搭配組合，絕無重複和悶場，除非是懶惰或者吃食堂。

好吃的粥數不清，台灣的筍絲粥、海產粥、銀魚粥，一直讓我魂牽夢縈，在家卻做不出那味道。廣東的明火白粥更美，廣州的艇仔粥，澳門的水蟹粥，沙田「強記」的雞粥，上環「生記」的豬肝粥和魚球粥，都是綿滑鮮香的靚粥。潮州粥也好吃，用砂鍋現煲的海鮮粥，香稠彈牙軟裡帶硬，格外清鮮爽口，而加了肉末和冬菜的蠔仔粥，更是我的最愛。

即使是不加味的清粥，也有無窮變化。我煮粥喜歡混合雜糧豆仁，甚或加上芋薯山藥，像煲湯一樣，視天候與體質換配方，煮起粥來左一杓右一把，有如抓藥。就算煮白粥，我也要摻混幾種米，譬如台灣的芋香米和泰國的糯米，再加上做義大利燴飯的 Arborio 珍珠米，它柔稠多膠質，能使粥味有底韻。

早餐吃乾還是濕

吃粥有很多原因，除了個人偏嗜，更普遍的是養生、治病、應節、守貧以及賑災濟荒，古人則以此養老和守喪，《禮記》的月令篇和問喪篇有案可稽。以前台灣鄉下辦喪事，總是煮幾大鍋筍絲鹹粥待客，可見尚存古風，廈門也有這習俗，二者可能源出同脈。而福佬話呼粥為糜，尤其古意盎然。

以粥食療的歷史就更悠久，由漢朝至清代，中國的藥粥典籍有近三百種，藥與粥早已混雜相通，即便一碗清素白粥，也有醫療效用。病了要吃粥，幾乎是華人的共同記憶，有人緬懷回味，也有人敬謝不敏，例如梁實秋就怕喝粥，《雅舍談吃》對粥沒有好感，「我不愛吃粥。小時候一生病就被迫喝粥。因此非常怕生病。」我也有個美國朋友討厭雞湯，因為小時候得肺炎，媽媽逼他吃麵條雞湯（chicken noodle soup），一吃數月，從此深惡痛絕。

可能受到漢藥傳統的影響，日本和韓國也有生病吃粥的習慣。我有次去日本山形的鄉間，早餐連吞幾天白飯，實在乾得慌，於是請旅館幫我煮粥，親切的老闆娘還來問我，是不是病了？他們的白粥是病人吃的。

南方人慣於早餐吃粥，日本人、韓國人和泰國人，卻一早就吃乾飯，這也是梁實秋怕喝粥的另個原因，北方人啃慣燒餅油條，「非乾物生噎不飽」，吃起稀飯來，於是「就覺得委屈，如果不算是虐待」。看來除了生和熟，食物系統的乾和濕，也值得人類學家研究。只是在全球化的浪潮下，食物的地域性日漸消泯，早餐受到的衝擊最大，喝咖啡吃麵包的人愈來愈多（很慚愧，我也是一個），乾與濕的差異，其實也在瓦解中。

有小米粥，甚好甚好

中國人吃粥，好像離不開病和窮，雖說有食療養生之效，但主要還是出於貧困，而士大夫更視吃粥為修身之道，含有哲理意境和道德情操。中國養生本有「厚味傷人，淡薄為師」的觀念，唐宋深受佛道影響，講求清心素淡，更崇尚粥與蔬食，蘇東坡、林洪、張耒、陸游等文士，都寫過詩文，稱頌粥味淡遠真樸。但一般人吃粥還是為了度貧，在天災人禍中，不只庶民以粥活命，皇族權貴也須喝粥求生。

一九〇〇年庚子之亂，八國聯軍攻入京城，慈禧和光緒倉皇西逃，在路上餓了兩天，到了懷來縣郊，幸得知縣吳永迎駕接待。吳永入房叩見，只見慈禧灰頭土臉，對他放聲大哭，問他是否有東西吃？吳永回稟，鄉里被劫掠一空，僅餘三鍋小米綠豆粥，還被亂兵搶去兩鍋，「今只餘一鍋，恐粗糲不敢上進。」慈禧卻連聲說好，「有小米粥，甚好甚好，可速進。」粥端進去以後，「俄聞內中爭飲豆粥，唼喋有聲，似得之甚甘者。」

這是從《庚子西狩叢談》看來的，此書由吳永口述，劉治襄筆錄，頗為翔實生動，這幕接駕獻粥的情景，尤其活現傳神。杌隉亂世，連吃慣滿漢大餐的帝后，都要唏哩嘩啦喝粥，百姓之塗炭就更慘烈了。

清粥發達史

粥當然不僅是窮物，缺糧固要吃粥，飯飽也要弄粥，只是情境與滋味全然迥異。我們這一代的台灣人，就見證了清粥小菜的發達史，從「青葉」餐廳把它擢格升上檯面，到復興南路的粥店街，可以看出社會的迭變發展，地瓜稀飯洗盡寒酸，成了台菜的象徵，小菜也演進為精食盛饌，由醬筍醃瓜變成炒龍蝦甚至佛跳牆。

粥這東西是私隱的，只宜與至親好友、深諳食性者共享。

北京某粥店有副對聯，「艱苦歲月想吃肉，小康生活要喝粥」，橫批是「與食俱進」，見者無不莞爾。中產小康想喝粥，富貴人家就更講究，所以《紅樓夢》裡的公子小姐極少吃飯，總是喝湯吃粥，寶玉吃碧粳粥，黛玉吃燕窩粥，鳳姊吃紅稻米粥，賈母挑嘴，有鴨子肉粥和棗兒熬的粳米粥，還嫌太油太甜。

但說到講究，還是廣東粥最刁鑽，一碗普通人吃的尋常白粥，也要精工細料，輕煲慢熬，直至鮮濃酥融，然後才在這「粥底」上，加以皮蛋魚腩等物，添鮮助味。粵人熬粥如煲湯，首重原汁本色，而粥又比湯費時耗神，要以干貝、白果、腐竹、大地魚等物熬煉提鮮，還須用明火細煲，不能用電鍋或燉鍋，否則無法稠化香濃，所以要不時攪拌，以防黏底焦糊。

其中還有不少竅門，諸如水米的比例要拿捏得當，米要泡過或醃以油鹽入味，水沸才能下米，轉成文火後要「點油」，略加菜油以使色澤滑亮；還有人說攪拌要順著同一方向，粥質才能豐實飽滿，不至零碎渙散。太辛苦了，連廣東人都極少在家煲粥，要守在爐邊熬幾個小時，且須抓緊時間，晚了火候未足，早了又糊爛走味，煮粥和吃粥都要充裕得閒，其實是奢侈之舉。

老牌粥店半夜起來熬粥，但一般食肆哪有這功夫，多半把米囫圇煮爛猛灑雞粉，粥質粗略稀鬆，吃了喉頭乾渴，唇頰麻木。時代是進步了，但不見得「與食俱進」，我們可能吃得更差。

Jook 與 Congee

英文的粥 jook 是從粵語來的，但較常用的是 congee，這字是從印度的泰米爾文（Tamil）來的。中國粥悠久精深，有豐富的文化意義，難以用西方的麥糊 porridge 來涵蓋表達，照理該用音譯的 jook 最恰當，但卻被印度的 congee 截胡搶灘，因為西方人最早在印度看到這東西。

華人常以為粥是國粹，但印度也有，而且頗似中國的藥粥。十六世紀中期，住在果阿的葡萄牙醫生奧塔（Garcia de Orta）就在書中提及，當地病人喝「一種用米榨出來的汁水，加上胡椒和小茴香。」十八世紀末，長居印度的奧地利神父兼東方學家保林那斯（P. Paulinus）也觀察到，有人免費派發一種叫 canji 的米湯，讓過路的旅人解渴消熱。這個 canji 後來英語化為 congee，成為米湯的專用語。

除了 congee，印度還有其他粥品，譬如 ghains 是在粥中摻以辣椒、生薑和酸奶，khichri 則是豆粥，吃時拌以椒鹽、奶油等調料，佐以香料燉煮的蔬菜，濃郁豐厚，不無香美，但上次去印度，還是把我吃得兩眼昏花，暈頭轉向，胃口突然失靈自閉，幾天都食不下咽。我知道是清粥小菜在作怪，它向我怒喊，「這是什麼鬼東西？」

在意識深處，有些食物會變成本質，理智和文化也釐不清。世界有多少人，就有多少種粥，多少種頑固。

燻鮭魚，無花果，紅酒燴牛尾，藍芝士，雪莉甜酒。這是我的年夜飯，在離地三萬呎的機艙裡，天與地的夜空中，以星光下酒，電影送飯。

柚子沙拉，紅咖哩鴨，青檸檬蒸魚，冬蔭功蝦湯，芒果糯米飯。這也是我的年夜飯，在燈火流麗的湄南河畔，或是稻花飄香的清邁山間，樹影撩亂，蟲聲唧唧，今夕不知何夕。

蘋果，礦泉水，烤雞三明治，口香糖，這還是我的年夜飯，在澳洲藍山的雨林裡，卸下背包坐在樹下，狼吞虎嚥吃得特香。身旁的桉木高聳入雲，說不定已有幾千歲，年輪裡拓印著滄海桑田，渺小人類的一年，如露如電，大概只是這樹的一眨眼。

這十幾年來，我好像總在外面過年，不，應該說，一到過年，我就逃到外地去「避年」。

別誤會，我不是反傳統，想要破舊立新搞反叛。我也曾經認真過年，大費周章辦年貨，蒸蘿蔔糕，燜鮑魚，燉佛跳牆，做八寶鴨，擺滿一桌年菜，邀朋友來吃年夜飯。後來，幾個好友陸續搬離香港，剩下的不是出國外遊，就是在減肥、有痛風、血壓高，這不能吃，那不好碰。

家裡就兩口人，年夜飯大眼瞪小眼，未免冷清。回老家過年吧，熱鬧倒是熱鬧，可是吃完那頓飯，就沒事可做，串門子磕瓜子混上幾天，又嫌聒噪。再說，我家在台北，他家在上海，該回哪個家又擺不平。

索性兩邊都不去，也不在家過年，飛到鄰近的曼谷、清邁、普吉島或者峇里島，在海邊、山上或者機艙吃年夜飯，自由逍遙玩上幾天，渾然忘了日居月諸，老之將至。

每到歲暮殘年，離開香港去旅行，我就有如釋重負，鬆綁解放之感，高興是不用說的，不必張羅年貨，不必送禮拜年，不必說吉祥話，更不管年初幾才能倒垃圾，把古老沉重的傳統卸下來，和殘年一起扔在機場，輕身上路，飄然遠走。

但這輕鬆快活的深處，卻隱伏著心虛不安，我其實是夾著尾巴，落荒而逃。逃什麼呢？逃離喧囂的年味，也逃避時間的追捕。

香港是個消費聖地，不管中西節日，逮到機會就要大肆慶祝，然而慶祝的方法，總是吃喝購物，銷金灑銀。從聖誕到過年這兩個月，尤其變本加厲，商場和超市張燈結綵，播著歡鬧快歌，堆滿炫麗貨品，百般催逼誘引物慾，滿城驚紅駭綠，紙醉金迷。

這段日子很難熬，人人心不在焉，虛浮毛躁，有種兵荒馬亂，大難當頭的意味，年節氣氛看似濃厚，其實單調乏味得很，說穿了，只是連串密集的消費活動，物品滿天飛，人味和年味，卻愈來愈淡薄。

怕過年，當然也因為年歲漸長，一事無成。每到年終，跟自己盤點結算，發現又虛擲一年光陰，該做的事，該讀的書，該寫的東西，都還堆在那裡。捫心自問，真是愧怍氣惱，悔恨交加。古代傳說中，年是一隻噬人怪獸，這真是個好隱喻，怪獸除了是兇猛動物，其實也是營生處世，一年功過的清算總結。

老是不長進，赤字連年，我更要逃出去，遠離過年的氣氛情境。去一個新地方，轉換國境與時空，這隻年獸追趕不上，我才能暫停焦慮，偷閒得暇，做時間的逃犯。

但又能逃多久呢？假期結束，終究要遞解回去，流年不饒人，逝者如斯滾滾東去，該多少還是多少，回來照樣老了一歲。不過，嚐了新口味，看了新東西，有了新領悟，身心充足豐實，好像又注入新資本，前科壞帳，一筆撇除勾消。一年又一年，我就玩著這掩耳盜鈴的把戲。

逃出去終究得遞解回來。從廚房窗隙望出去，竟也有小小的喜悅悄然綻放。

許多香

過年出門旅行，回來已近元宵，有一晚去鄰村訪友，喝了龍舌蘭酒，醺醺然走回家，只見月色出奇肥亮，清瑩瀉地，還發出熟軟的甜氣，像香瓜，又像新釀的椴樹蜜，拌攪了海風和夜露，由澄淡轉為濃媚，咦，難道月光也有味道？

當然不是，是他們村子的桂花開了，誰說只有秋桂，春桂也會飄香。亞熱帶種的多是四季桂，終年開花，春秋尤盛，然而花粒細碎，躲在深鬱的葉底，只聞香不見影，總讓我想起楊萬里的桂花詩，「看來看去能幾大，如何著得許多香？」

桂花是好樹，素樸含蓄，淡雅謙沖，就是太瑣碎，絮絮叨叨的，那味道雖甜，但是平直單調，好像終年都在咕噥自語，聲調沒有抑挫高低。我在陽台種了茉莉，含笑，玉蘭，夜香木，以便渲染熱帶氛圍，吸取清狷與狂野之味，桂花是不種的，太溫吞了，而且不親切，不像夜香木，開起來瘋瘋癲癲，還沒回家就聞到了，那濃香載欣載奔，老遠撲來，在鼻下和腳邊歡跳，簡直像家犬。

然而因為微醺，月下聞桂，我嗅到一種新鮮的甜媚，不禁怦然心動，於是今年元宵做湯圓，除了例牌的豬油芝麻，我決定也來做些桂花豆沙。

找出上次去杭州買的桂花，挑揀洗淨後，和紅豆沙一起炒香，包進糯米糰裡揉圓。自製的豆沙，少放油糖多下桂花，格外馥郁厚實，再加幾滴玫瑰露，把甜味烘托得更滿。桂花看來溫吞，用在吃喝上，卻變得鮮亮明快，低聲嘮叨，驀然轉為清脆談笑，嘩啦啦在味蕾間響動，振歙出愉悅的共鳴。

煮好湯糰，舀上點桂花醬，愈發香風習習，除了軟滑甜沁，還有曲折幽深之感，彷彿夏日划船，穿越菱田荷叢，悠悠駛入湖心。如果沒有桂花，頂多是一池白水，長日永晝，沿岸漂流。

湯糰做多了，叫朋友過來嚐嚐，日本人裕美很驚喜，她喝過桂花烏龍，管它叫「快樂茶」，因為聞了就開心，沒想到還有「快樂湯糰」，「十倍開心，可是有五十倍熱量啊。」她邊吃邊抱怨，可是笑咪咪的。

西方朋友也吃得香，但對氣味有點意見，有的說聞起來像化妝水，有的說像果汁棒棒糖，還有個說，像一種有機的花草洗髮精。不不，在北非住過的瑞姬娜說，我知道這種花叫甜橄欖，其實是一種茶樹，對吧。

棒棒糖和洗髮精？我早就有經驗了，跟外國人解釋桂花，是要費點勁，想省事，就泡香片和鐵觀音給他們喝。桂花是華人的東西，除了香，還讓人想到月亮、江南、甜品、秋天和別的什麼，牽動了意識底層的幽微情感，心間驟然寧謐下來，泛起一陣溫柔。即便說了吳剛伐桂的故事，還是講不出那味道，因為是由文化薰染而成，從心裡冒出來，不是鼻子聞到的。

桂花又叫木樨或金粟，原生於中國，十八世紀末移植英國，但歐美並不常見，只有暖熱的地中海岸有零星栽植，西方俗名叫甜桂花（Sweet Osmanthus）、甜橄欖（Sweet Olive）、茶橄欖，然而它既非茶樹，和橄欖樹也沒親屬關係，八竿子打不著，只是葉子看起來是有點像。

即使是中國人，也不見得認識桂樹，古典文學裡的桂，其實有兩種，一種是木犀科的桂花（Osmanthus fragrans），一種是樟科的中國肉桂（Cinnamomum cassia），都是土產的芳香植物，有兩千多年歷史，上古的辭賦經常提及，但須由文意脈絡推敲，才能分辨是哪種桂。

南方文學的始祖《楚辭》寫得最多，其中「結桂樹之旖旎兮」，「麗桂樹之冬榮」等句，說的是桂花樹，稱頌它茂盛常青。而「雜申椒與菌桂兮」，「桂櫂兮蘭枻」，「沛吾乘兮桂舟」等處，指的就是肉桂了。桂花只有花香，肉桂則全株有香氣，枝葉樹皮皆芬馥，且可長成修偉喬木，製成船槳木舟。

也有傷腦筋的，例如「援北斗兮酌桂漿」、「奠桂酒兮椒漿」等句，桂漿桂酒，既可解作以肉桂皮調味的酒水，也有人說是桂花酒。但考諸《楚辭》各章，尤其是〈大招〉和〈招魂〉裡的盛宴，都沒有以桂花調味的食例，所以這桂漿桂酒，比較可能是肉桂酒。不過《楚辭》多夸飾，常以芳草香花喻志，渲染華麗氛圍，未必真有其物；然由此可知，桂已是當時盛行的芳香植物。

相形於《楚辭》滿紙桂香，北方的《詩經》卻無嗅無味，沒有提及，所以桂應該是南方風物，北地不見其氣味形跡。南北的差異，不僅在於文學體裁，更源於山川物產，楚地的湖澤草木，滋孕出瑰麗的狂想，形成獨特的南方風格。

然而這兩種古老的桂，都沒有像薑和八角一樣，成為中菜的普遍香料。肉桂僅用於五香或醃料，沒落不彰，有時還被當成異國洋味；桂花較為普遍，但集中於華東江南，主要用於甜食，樣式變化不多，泰半做成糕點糖醬。

蘇浙人把桂花當成調味品，祖籍江蘇的社會學家費孝通，就在一篇文章裡說過，江蘇不論南北，「桂

八月桂花香，許多香都沁入食物之中。

花是傳統和普通的調味香料」。那篇文章介紹鹽城的藕粉丸子，頗為引人，我早想試做，但不是犯懶，就是藕粉用完了，拖到現在還紙上談兵。

其做法近似元宵，然更精細繁複，先把豬油、砂糖、炒麵粉和糖桂花拌勻，搓成圓餡放入冰箱凍實，取出來滾上藕粉，放上漏杓過一下沸水，再沾滾另層藕粉，如是者數次，直至結丸如小球，最後以桂花糖水泡熟，據說軟嫩肥澤，滿口桂香。

這大概是最費工的，一般的桂花吃食都簡單，諸如桂花糕，桂花藕粉，桂花酒釀，桂花鮮栗羹，桂花酸梅湯等等，皆是廉宜可口的平民甜點。富貴人家就講究些，《紅樓夢》裡應節嚐新，吃桂花糖蒸的栗粉糕和藕粉糕；而賈寶玉挨打後，則吃木樨和玫瑰清露散瘀解鬱，兩種花露都是名貴貢品。

桂花極少入菜，即便有也鹹菜甜做，例如桂花炙骨、桂花蜜火腿，皆以桂花熬糖燒成甜肉，我不太敢領教，至於用桂花炒飯或包水餃，恐怕也中聽不中吃。我還是覺得，桂花的幽馥清芬，只宜於甜食與茶酒，不宜刀俎魚肉，沾葷帶腥。

不少菜色都叫桂花，幸而只是掛名，並非真用。北方的家常菜「木樨肉」（常訛寫成「木須肉」），其實是肉絲木耳炒蛋，北京人忌諱蛋字，改叫木樨，另有芙蓉、黃菜、雞子兒，也都是雞蛋的代用語。傳到各地叫開了，芙蓉、木樨和桂花，遂成蛋菜的雅稱，尤指以蛋花燴炒的做法。把蛋花說成桂花，除了取其嫩黃鬆碎之形色，大約也要商借桂花的美名，沾點芳香意象。

粵菜的桂花翅，是魚翅加上銀芽及蛋花濕炒，以烘托翅絲的色澤口感。老派台菜有桂花蟹和桂花紅蟳，傳統的「桂花」做法，是把食材和筍絲、肉絲、香菇絲和蛋花等配料燴炒，有點像「五柳」，只是不加糖醋，一般用來料理高級海鮮。但現在的桂花多半簡化，草草炒蛋了事。

南京也有桂花鹽水鴨，有人以為是鴨子加了桂花醃滷，其實是比喻鴨肉香白酥嫩，有如桂花，和烹飪技法無關。記載南京飲饌的《白門食譜》則說，「金陵八月時期，鹽水鴨最著名，人人以為肉內有桂花香也。」所以也與時令有關，中秋前後的鴨子最美味，桂香與鴨味交融共冶，就像菊花和湖蟹密不可分。

而在鴨子和螃蟹當令的夏秋之間，那段白天燠悶、晚上清涼的時節，我們叫秋老虎，江浙則稱為「木樨蒸」或「桂花蒸」，說是老天爺在蒸桂花。到底是江南人，苦熱的天氣，這麼一說，忽然就充滿詩意，而且有了盼頭，不再那麼難忍了。

張愛玲想必喜歡這名字，所以寫了「阿小悲秋」，蒸鬱的一天，煩亂的雜事，從阿小的廚房看出去，人生更顯得瑣碎卑微，但也就在這縫隙底和枝節間，悄然綻放著小小的喜悅，幽幽發出意義的香味，就像桂花。零丁細碎，看來看去能幾大，偏偏就有許多香。

果子多半能製醬，桃子可以，李子也能，偶然相逢的酸櫻桃，當然也行。

桃子果醬

我一直在找桃子果醬。暗紫色，微帶肉渣，甜濃如蜜漿，質地稠密緊實，吃起來卻柔薄絲滑，每一口都帶著花香，含有雲氣與樹味，還沁出濕泥氣息的桃子果醬。

這些年來，我至少買過一百種桃子果醬，黃桃、白桃、杏桃、油桃，甚至綠李和紫棗，每次都滿懷希望，但打開一嚐，唉，又不是，過盡千帆皆不是。

我也知道找不到，那是我童年時，在龍溪吃到的桃子果醬。

龍溪在花蓮山上，是溪名也是地名，它在木瓜溪上游，湍急豐沛，瀉落奔流，日據時代就有水壩，地勢險巇，人跡罕至，四十年前，連公路都沒有，上下山要搭「流籠」，是個籠形的原始纜車。當年我約莫三四歲，記憶的扉頁，就是從龍溪翻開，這是我生命裡的香格里拉。

爸爸在台電工作，那時派駐在龍溪電廠，員工和眷屬，都住在唯一的日式宿舍。紙板門隔開七八個房間，每間住一家人，晚上一起搭伙吃飯，矮几上煮著熱騰騰的火鍋，小孩在榻榻米上追逐嬉鬧，扭打翻撲，這家滾過那家。

怎麼瘋都可以，但不許出去，也沒人想。夜色如墨，山氣沍寒，遠處傳來幽幽的啼喚，大人說山裡有野獸，晚上出來，專咬小孩屁股。媽媽們趁機講起虎姑婆，「卡滋卡滋，把囝仔手指當花生米吃」，我們那一代都是被嚇大的。

山裡真的有野獸，只是已做成肉乾，常有山胞揹著獸肉，來宿舍兜售。燻烤過的獐子、山羌、野豬和鹿肉，一大塊粗長如丁字尺，油褐赤黃，發出焦香和微羶，還有一股薑酒味，吃起來又硬又韌，半天嚼不爛，但到底是肉，有種難言的鮮滋。

深山糧食不多，那時又沒冰箱，買菜補給要去花蓮市，搭「流籠」下山再坐車，來回跋涉，一個月只能去兩三趟，有時青黃不接，這獸肉就難能可貴。

有一次，媽媽揹著我，和一個來賣肉的山胞聊天，他轉身離去時，揹袋猛然一甩，袋裡的鹿腿撞在我額上，磕出一個大包。我哇哇大哭，山胞滿臉歉意，摸著我的頭，把那條肇事的鹿腿抽出來，送給媽媽。媽媽推辭一下就收了，她很高興，晚上吃飯時，喜孜孜向爸爸報告，「阿兒今天賺到一條鹿腿哩。」

白天，我們滿山亂跑，像某種野生的小獸。那地方不必上學，因為沒學校，沒幼稚園，更沒英語課和才藝班——我們連國語都不會講。每天就是玩，整個山都是我們的，有太多東西要玩，很忙。

我們玩抓鬼，鑽到箭竹叢，爬到桃樹上，甚至躲到懸崖邊。抓完鬼又去抓蟲，到樹林裡找牛屎龜（獨角仙），養在餅乾盒裡，聽牠吱吱亂叫。跑累了，就玩煮飯，把扶桑葉搗碎加水，榨出黏稠的汁液當菜油，然後摘來玉山石竹炒菜，高山鳳仙煮湯，用巒大秋海棠的肉莖炒麵，還有野桑葚和懸鉤子的飯——這個真的可以吃。

高山的陽光鮮亮燦麗，明淨如洗，然而一到中午就彿然變色，翻雲起霧，四周開始「搭濛」，白茫茫不能視物，我們於是丟下飯菜，跑到電廠門口的山路，去等爸爸回家。

他們帶著工具和三腳架，清早去山裡探勘測量，中午起霧就會回來，我們聽到腳步聲，談笑聲，還有工具擦碰的喀喀聲，生脆清楚，觸手可及，但他們其實還在對面那座山，要走好一陣，才能回到這邊。山裡太靜謐，空谷又有回音，聲音被放大拉近了。

突然就吵翻天，我們放聲呼叫「爸爸——」，爸爸們也在那頭回答「啊——」，沒有名字和對話，但誰都不會搞錯，立刻聽到自己人的聲音，聲波在空中擺盪，貫串接通兩端，玩著無形的「連連看」。我們對這遊戲樂此不疲，繼續喊下去，直到爸爸們的身影，終於穿破濃霧，出現在山路口。

山中無甲子，日子閒得慌，大人也會找東西玩。電廠有鋼片和電線，有個叔叔會編籃子，用各種顏色的電線和鐵絲，織出菜籃、水果籃和手挽袋，宿舍裡的每家人都有他的作品，每隻的花色紋路都不一樣。另一個會用鋼片拉歌，奏出憂怨淒厲的〈荒城之月〉，太太們都抗議，「起雞母皮了啦。」他只好改吹樹葉，用豬腳楠和櫻花葉，教我們吹〈河邊春夢〉，楠葉厚實悠長，櫻葉薄脆哀傷。

龍溪有很多花木，有些是日本時代就有的，桃李成蹊，山櫻夾道，春來甜白嫩紅，開得如痴似醉，把嵐霧都染成粉緋。暮春初夏，青豆似的小果逐漸肥熟，山櫻桃紅豔欲滴，可是澀口，我們摘來塗嘴唇，染指甲。李子桃子鼓著紅頰，等不及摘，咚咚掉了一地。

大人派我們去撿起來，他們也搬梯子去採，或鮮吃，或用糖鹽醃浸，做成甘酸的脆李脆桃。但還是吃不掉，熟果開始癘軟，發出酒氣酸香，有人靈機一動，找來幾個大缸，一層糖一層李子，壓實封緊，擺上幾個月，打開來芳香清冽，釀成李子酒。

媽媽們就做桃子醬，把桃子煮熟，剝皮去核後切塊，再用紅糖慢火細熬，煮出深酒紅的漿膏，甜香滿溢，但不是桃子的味道，我聞到一種野百合混合櫻花葉，又被雨霧淋濕的氣味。果醬煮出幾大鍋，放涼後，倒入有柄的白膠桶，每家發一桶，成了小孩的早餐和甜食，抹在土司或饅頭上，麵香夾著花味，鬆柔摻和絲滑，配著清晨的鮮脆陽光，更加濃馥芳甘。

吃了幾個月，果醬的顏色由絳而紫，愈來愈深，因為太甜，開始結出糖晶，肌理也愈來愈稠，近乎枇杷膏，可是香味更沉斂多變，有時像蜂蜜，有時是肉桂，有時如烏梅，有時又像雨後的濕泥，我每天都聞出新味道。

大人早餐吃粥，小孩才吃果醬饅頭，有一天，我跟媽媽說，吃到李子酒，好香。媽媽把果醬桶拿來一聞，大嚷，「夭壽喔，壞去了啦！」

桃子醬都被扔掉，小孩也被強灌腸胃藥，有一兩個還被大人揹著，立刻搭流籠下山看病。第二年的春天，我們搬到花蓮市，再也沒有桃子果醬，但那氣味卻封存在腦海，終生不斷醱酵。

我一直在找桃子果醬，明知道一次次落空，根本找不到。每次翻動記憶源頭，總是湧出不同的氣息，乾濕鮮陳，厚薄濃淡，就在各種況味裡，人生緩緩釀成。

女人狗肉

那氣味不由分說，急虎虎追來，一把將我拽過去，拖到它跟前，我俯首呆立，束手就逮，被濃香濺得一頭一臉，英文說的 arresting，大約就是這等光景。被捕來的都是女人，她們把我擠開，埋頭專注挑揀，從滿筐粉青嬌黃裡，翻搜出緋粉嫣紅的果粒，麻利精準手到擒來，稍一遲疑便被旁人攫去。

「胭脂紅！本地胭脂紅！快D埋來揀啊！」

果販放聲吆喝，更添緊張氣氛，香氣被張力撐滿，愈發濃郁酷烈，女人的動作更快，眼睛發出狂亂之光。難怪廣東人說番石榴是「女人狗肉」，我雖沒嚐過狗肉，但也聽說過「香肉滾一滾，神仙站不穩」，那不是好吃與否的問題，是邪門詭異，意亂情迷。

冷颼颼的天氣，還有香噴噴的番石榴，而且是香港本地土產，果販說來自邊界的沙頭角。我把胭脂紅擺在廳裡，一盆果子，就把屋子渲染得熱鬧繽紛，涼寒的空氣泌出馨暖，肥腴的奶酪味裡，暗含玉桂和麝香的芬馥，豐厚肉感，卻又滲出鮮腥草氣，夾雜著夏日午後的酥熟陽光，隱約縹緲，還傳來穠麗的哼唱，像粵曲，又像探戈。

這胭脂紅非但異香撲鼻，而且玲瓏俏麗，腮幫上敷著桃色紅暈，更難得的是好吃，綿柔芳馨，濕濡稠糯，那種酸甘清甜，簡直鮮到骨子裡，這味道，不就是我童年吃的「土芨仔」？

偷摘的最好吃

最好吃的土芨仔是偷摘來的，以前我最會爬樹，打量目標，看準落腳點，一抓一蹬，攀上白滑樹幹，眼尖手快找芨仔，要挑黃熟正好，沒被蜂叮蟲咬，卻有鳥兒啄過的瘢疤；鳥兒比人挑嘴，專揀美的吃。忽然傳來叱罵，我立刻躍下樹枝，撒腿飛奔，邊跑邊啃，更覺那果子香甜非凡。

那個時代到處是芨仔叢，院子裡，籬笆邊，水溝旁，山腳下，總有幾棵高瘦灰綠的果樹，長年開著蓬鬆的小白花，結滿青鬱的硬果，樹下的頑童百無聊賴，用竹竿敲下果子，互相拋擲。後來到處蓋起樓房公寓，沒有院子和空地，種不了果樹，土芨仔也跟著消失，市場裡清一色是泰國芭樂，多肉耐放，但肥頭蠢腦，寡淡無香，不蘸梅粉沒法吃。無樹可爬，沒果可摘，芨仔也變成芭樂，我的少年時代，就是這樣結束的。

但那鮮濃的滋味，卻永存在記憶的箱篋裡，稍一翻動就流瀉出來，對四五年級生來說，芨仔除了是零嘴和玩具，娛樂和運動器材，滿布成長的牙痕與年輪，也是田園時代的最後鄉愁。我甚至以為，茇仔是台灣才有的特產。

直到有一次，在墨西哥朋友家裡吃到「茇仔餡餅」（guava pie），芬芳濃稠，令我迷倒傾心，這才知道，他們不但吃茇仔，還拿來做甜點。後來又逐漸發現，在夏威夷、加勒比海、南美以至南非，茇仔都很普遍，除了做餡餅、果汁和冰糕，還能用來拌沙拉，燉菜和烤肉。對這果子有鄉愁的人，原來還不少，遍布全球的海島陸岸，足以成立個大聯盟。

茇仔，雞矢果，黃肚子

茇仔、芭樂、番石榴，都是同一種植物，桃金孃科的 Psidium guajava。中文正名番石榴，說明它是外來的，和番茄、番薯、番麥、以及別名番薑的辣椒一樣，都是原產於美洲的植物。歐洲人發現新大陸後，把這些草木帶到亞非各洲，番石榴因多籽善殖，粗勇強健，很快在各地土生歸化，發展出一百多個品種，小如鴿卵，大似木瓜，緋白紅黃，脆軟甜酸，肉色

番石榴俗名多，「胭脂紅」入口清香難忘。

風味各異，有的甚且富含草莓、檸檬或蘋果香氣。

十六世紀末葉，西班牙在菲律賓殖民，引進美洲農作物，番石榴因此傳入南洋和中國，而葡萄牙的船員和商人，則頻繁穿梭於非洲、印度和東亞，更擴大傳播範疇。番石榴得名於西葡語音，西班牙語叫它 guayaba（或 guyava），葡萄牙語是 goiaba（或 goaibeira），所以番石榴的學名叫 guajava，英文叫 guava，印度和菲律賓則叫 bayabas。台灣俗稱的茇仔（讀作拔啦）、那拔、奈拔、梨仔拔、藍茇，顯然與此密切相關。

但「茇仔」亦非洋文，其實來自「labach」，是平埔族或布農族對此果的稱呼，所以連橫的《雅言》（一九三三年）說，「若夫林投之樹，藍茇之果，亦番語為，故名從主人。」這果名應該源自外語，經由南島語系轉折中介後，才被台語吸納。

中國南方也有這果子，但沒有音譯，只有意譯的中文名，除了番石榴，另有番稔、番榴、緬桃、秋果等別名，「女人狗肉」是晚近的民間諢名，以前的廣東人叫它雞矢果，吳其濬的《植物名實圖考》（一八四八年）說，「雞矢果，產廣東，葉似女貞葉而有鋸齒，果如小石榴，一名番石榴，味香甜，極賤，故以雞矢名之。」他又引述李調元《南越筆記》（一七七九年）的「秋果」，以及周去非《嶺外代答》（一一七八年）的「黃肚子」，認為此二物就是番石榴。吳其濬是了不起的植物學家，在南方做過田野調查，考據甚為翔實，但仍有些訛誤，且不說《嶺外代答》寫於十二世紀的南宋，番石榴還沒傳入亞洲，不可能是黃肚子；看看周去非的描述，也相去甚遠，「黃肚子，如小石榴，皮乾硬，如沒石子（一種蟲癭），枯莖如棘，其上點綴布生（有很多斑點），不甚堪食。」看來也不像番石榴，頂多是桃金孃科的近似土種。

土人酷嗜的臭物

番石榴的中文記載，始於明末清初的閩粵方志，如《廣東通志》和福建的《安溪縣志》等。但台灣的記述最多，最早見於高拱乾編修的《台灣府志》（一六九五年），「番石榴，即梨仔茇」，其後台灣的各種史志，皆不乏梨仔茇的記載，然僅寥寥數語，泰半咄咄稱怪，視其為番俗蠻物。

番石榴是熱帶特有的風物，又屬村野雜果，中原人士漠然不識，既不見於北方的草木藥典，也不像荔枝般深受傳誦，只能在南來文官的遊歷吟詠中，零星散見其氣味形蹤，通常也是貶多於褒。

比高拱乾稍晚，康熙三十六年（一六九七年）來台採硫的浙江人郁永河，寫出觀察入微的台灣遊記《裨海紀遊》，然而他對寶島水果沒啥好感，嫌「楊梅如豆，桃李澀口」，香蕉則「冷沁心脾，膩齒不快」，茇仔就更可厭，「獨番石榴不種自生，臭不可耐，而味又甚惡。」

而康雍年間來台任官的黃叔璥，在其見聞劄記《台海使槎錄》（一七二四年）裡也說，「土人酷嗜梨仔茇，一名番石榴，肩挑擔負，一錢可五六枚，臭味觸人，品斯下矣。」另一個乾隆年間來台，在鳳山任官的朱仕玠，在《小琉球漫誌》（一七六三年）裡也吟詠過梨仔茇，並在詩注裡說，「梨仔茇，即番石榴也，其氣甚臭，不可近。土人以為珍。」

乾隆年間來台的董天工，則在《台海見聞錄》（一七五三年）提到，「番石榴俗名莉仔茇，郊野遍生，花白頗香，實稍似榴，雖非佳品，台人亦食之。味臭且澀，而社番則皆酷嗜焉。」

美惡香臭，雞同鴨講

這些早期來台者的見聞觀點，不斷被後世的台灣史籍引述抄錄，遍布通史與縣鎮方志，形成偏見定論，後來的文化人受此影響，在遊記和竹枝詞等采風問俗的書寫中，又繼續複製這些印象，使得番石榴臭名遠播，蒙冤莫白。

唯有民初的徐珂比較持平，他纂輯的《清稗類鈔》（一九一七年）有一條「閩人食番石榴」，說「……（番石榴）價至賤，一二文即可市斤許，小兒且以之充飢，幾乎人人喜食之，謂可辟瘴癘。然初至其地者，觸之，即覺有一種惡臭，然久而亦聞其香矣。」

我是吃芨仔長大的，聽到人家說它臭惡，當然氣惱不平，番石榴這麼馨香，怎麼會是臭呢？這些人真是沒見識，不懂行。然而回頭想想，我生斯長斯，是「土人」「社番」的後代，慣吃熟聞，早已習焉不察，但人家初來乍到，觀感迥異，未必領情受教。

氣味之美惡香臭，本來就極其偏執主觀，除了個人的天性本能，還深受文化的浸淫濡染，雞同鴨講，難以判證論斷。芫荽那麼香，有人說是臭蟲味，松露聞起來像幾個月沒洗的床單，有人卻嗜之若狂；至於榴槤、臭豆腐、藍芝士這類異物，就更愛恨分明，沒得商量。

話雖這麼說，我還是替芨仔抱屈。番石榴是南方特有的果物，不僅風味奇特，營養內涵也可觀，養活過無數鳥獸，餵飽過眾多草民土番，然而其地位評價，卻和其他熱帶佳果相去甚遠。

兩頭不到岸

華南的熱帶水果可分兩類，原生的嶺南佳果，如荔枝、龍眼、柑橘等，自古已深受推崇禮讚，成為南方的象徵；而近代引入的熱帶果物，如香蕉、芒果、鳳梨、楊桃等，則以香氣甜味或綺麗形貌，令人驚豔珍愛，得以內售外銷，衍生可觀的商業價值。

唯獨番石榴，既不古又不美，兩頭不到岸，只能流落在鄉野民間，連本地人都視為賤物。台灣風俗中，番石榴既不宜饋贈，也不可拿來祭祖拜神，說是此果多生於糞溷，出身汙穢可疑。而由茇仔轉化而來的「芭樂」，不知何故，更成了台語裡的貶抑詞，「芭樂票」指空頭支票，「芭樂歌」則是俗濫之音。

和它的親戚蓮霧相比，茇仔就更顯坎坷。蓮霧也是桃金孃科的外來植物，土生種酸淡無滋味，但經造化改良，出落得美艷甜脆，地位直升，名聞遐邇，成為台灣水果之光。同樣是風土特產，滋味也都清奇，浮沉卻各自異勢，原來豈僅人事，果物也有時運氣數。

番石榴細說從頭，古今中外文學歷史裡都找得到。

還好，近年來茇仔也逐步翻身，台灣從泰國引進大芭樂後，培育出珍珠茇和水晶茇等新品種，九〇年代末以來，「台灣芭樂」漸成外銷水果主力，我在香港也能買到。吃過幾次，我也開始喜歡，它雖然不香，但風味爽利清甘，肉質亦不粗笨，那種微淡的鮮甜，點到為止，絕不纏膩，格外耐人尋味。

中南美洲是茇仔原鄉，墨西哥和巴西，皆出口番石榴的果肉或膏漿，美國的夏威夷和佛羅里達，也有不少番石榴園，然而和台灣一樣，外銷的規模和地區都有限。番石榴太草根，不夠普及咸宜，不像香蕉、芒果和鳳梨等熱帶水果，有龐大的市場，透過水果公司的跨國調控，長年供應銷往各地，早已形成世界性的供需體系。

也幸虧番石榴怪異，鄉土性太強，不被納入全球化，倖免於單一品種與大量生產，才能保存鄉野本色，依然豐富狂放，曼妙奇誕，那是熱帶的溫度與氛圍，蒸鬱在現實與虛幻之間，讓我想起馬奎斯。有一本他和門多薩的對談錄，書名真的就叫《番石榴飄香》（El Olor de la Guayaba）。整個熱帶的謎團，馬奎斯說，可以濃縮在一顆爛番石榴的香氣裡。

啃著胭脂紅，我不禁突發奇想，在「香蕉共和國」的荼毒之後，現在該組個

「番石榴聯盟」，串結氣味相投的熱帶和亞熱帶，交流芝仔的食譜、記憶與狂想，收容一切騷動無序，苦悶憂傷，但又活潑狂野的生命力。

有喜宴，有喪宴；有為了相聚而食，更有為了告別而吃的。食材本無味，因了人，一點一滴滲進感情，便有味道了。

他吃大豆腐去了

週六上午的龍華殯儀館，熙來攘往，熱鬧得像淮海路，鮮花湧動，香燭瀰漫，忽而傳來一聲哭喊，在白花花的陽光下，顯得有些虛幻。W的外公病逝，我們回上海參加告別式，九十多歲算是笑喪，親友也不怎麼悲傷，三五成群，聚在靈堂裡外寒暄聊天。

婆婆給我們引介親友，哪，這是佳木斯來的四舅公，那是鄭州來的二叔公和他三女兒；這是五舅婆和大兒子，還有無錫的九姨婆，旁邊那位小范是她表妹的愛人，關係好又能幹，外公住院時幫了不少忙。喏，老胡你們記得吧，就是弄堂口朱家奶奶大媳婦的弟弟，和小舅在同個單位……

W的外公外婆都來自大家庭，葬禮上，突然冒出一堆表叔堂舅嬸母和姨姑，年紀多和我們相仿，幸好大陸人不講究稱呼，不是直呼名字，就叫老李小張。說來是親戚，但看來疏隔陌生，又沒法標示關係身分，讓我覺得有點茫然，事物鬆散飄浮，彷彿靈堂裡裊裊的煙絲。

告別式很簡短，前後不到二十分鐘，蓋棺時響起一陣嗚咽，但還沒等女眷擦乾眼淚，靈柩已抬了出去，殯儀館的工人進來，開始拆帳子、搬走輓聯花圈，週六是忙日，他們要趕下一場呢。

吃豆腐飯

上海習俗，送葬後要吃「豆腐飯」，宴席就設在館裡的酒樓，幾層樓偌大的地方，十點多已坐滿了人，都是當日舉殯的人家。名叫豆腐飯，我還以為是素宴，然而除了素鵝和豆腐羹，還有鹹雞、油爆蝦、糟門腔、煮干絲、紅燒蹄膀、清炒蝦仁、雪菜黃魚、豆板米莧、醬爆青蟹和肉絲年糕；總之，和一般菜色沒有兩樣，飯照吃，酒照喝。

吃的人也言笑晏晏，神態如常，就像普通的宴席聚餐。忽然傳來哄堂大笑，繼而是吆喝和碰杯聲，轉頭看看鄰座那幾桌，已吃到杯觥交錯，酒酣耳熱，嘻哈笑鬧，推來搡去的，簡直像喜宴，有個女人甚至穿著棗紅套裝。這裡不太講究服色，除了黑衣，還可穿著青藍黃綠等色，看來更不像弔喪。

喝完扁尖鹹肉冬瓜湯後，我們這幾席也熱鬧起來，親友紛紛轉檯換座，到別桌去敘舊話家常，有的則挨桌敬酒，大廳嘈雜得像菜市場。沒人掉淚，沒人崩潰，甚至沒怎麼說起外公，席上最熱門的話題，是上海的A股和房市。

我有點搞糊塗了，這一切太不真實，空氣裡有濃稠的荒謬氣味。「吃豆腐飯」都這樣嗎？鄰座那家也是喜喪？對於死亡，他們是遲鈍，世故，還是達觀？死的就算了，活的還是要吃飯，要炒股要買菜要上班，人家早就瞭然於胸了，是我自己「拎勿清」，還沒想通吧？

我想起媽媽的葬禮，凌晨四點開始，唸經祭奠跪拜，扶柩上山落葬，直到黃昏，一整天被儀式塞滿，嚴苛，繁縟，厚重，那麼真實確切，眼睛酸澀膝蓋作痛，然而我還是覺得空蕩，虛幻感像氣泡，不斷從丹田冒出，把悲傷圈在裡面，沒法破碎迸裂。

那天只吃了一頓飯，還是在開往山頭的靈車上，是個豐盛的素齋便當，但我已忘了有什麼菜，只記得高速公路向後急退，暗青的雲色迎面湧來，把飯也染灰了，冰冷無味。

不知道其他的葬禮都吃些什麼，又是怎樣的滋味呢？

食三角肉，飲封山酒

吃飯是生存的象徵，漢人重視食物，即便死亡，也要餬口飽腹。《禮記》有「飯含」的古禮，在死者口中放入飯食、生稻或玉貝，以示口不常虛，飽足而去。台灣則有「留三頓」的舊俗，忌諱死者在晚飯後斷氣，認為把飯吃光才走，會帶走子孫的生計，最好是早餐前大去，才能為子孫留下三頓，保有福分。

生者更不會餓肚子，舉殯之後，喪家會設宴答謝親友，宴席的規模與菜色，則因各地風俗而異。台灣古俗有「食三角肉」，喪事桌的第一道菜必定是肉，或煮或滷，切成不規則的稜角狀，以示粗簡與哀傷。

閩南另有食粥之俗，由鄰里代為籌辦，煮鹹粥或竹筍粥共饗，清淡粗礪，以示傷慟無心飲食，這是悠久的喪俗，《禮記》早有記載，聽說台灣中部和廈門泉州，依然有「食鹹糜」的古風。然而，不管是鹹糜或三角肉，現在都已式微，我是南投人，但從小就住台北，並無親身經歷；問過好些朋友，亦皆茫然不識。

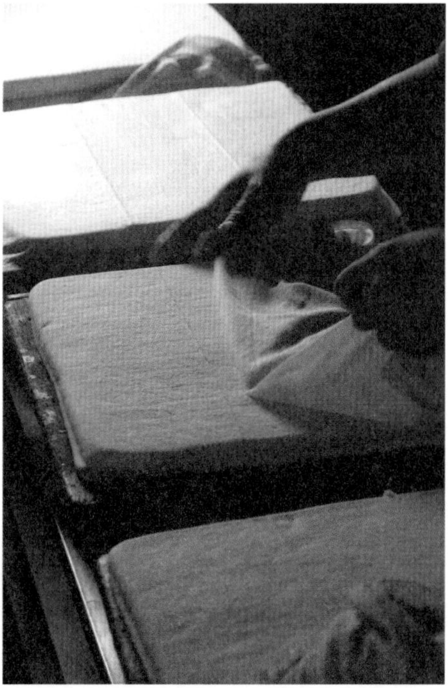
這是未經切割的手作豆腐，真正的大豆腐。豆腐飯裡卻未必吃得到。

以前的台語裡，「食三角肉」是死亡的婉稱，但因舊俗蕩然，此語早已荒棄

廢用。倒是上海人因為「豆腐飯」，還把死亡稱為「吃大豆腐」，然而辦喪事和參加喪宴，也是這麼說，外人不明就裡，猛一聽「他吃大豆腐去了」，還真不知是死活，不知道指死者還是祭奠者。

豆腐飯是江浙舊俗，又叫豆腐羹飯或羹飯，以前的確是素宴，以豆製齋品為主，所以又雅稱「豆宴」，第一道菜必是豆腐羹，其他諸菜亦以白色為主，象徵死者一生清白。

江蘇南部則稱「泡飯」，也是齋宴，清末陳慶年的《西石城風俗志》，記載江南禮俗，書裡說，「出柩之日，具飯待賓，和豌豆煮之，名曰泡飯，素菜或十一大碗、十三大碗不等。」弔唁的賓客吃素席，但喪家另設葷席，以酒肉答謝參葬的執事役人，這叫「回扛飯」，頗有人情味。

浙江北部的長興，則有吃「材頭飯」的風俗，上山落葬之前，家族會在棺材蓋上具備飯食，與死者同吃最後一餐，既是送行也是祈福，因為「材」「財」同音，材頭即是財頭。

說起在墳地吃飯，四川西部亦有此風，葬禮完成後，親友會攜帶香燭及酒食，前往新墳致祭，喪家也會帶同酒食過來，雙方同在墳頭飲宴，稱為「封山酒」，頗具詩意。然而社會與生態，皆今非昔比，現代人死無葬身之地，山頭舊俗無所依附，日暮途窮，終將潰散零落。

霍英東的解穢酒

倒是廣東人守舊，還保留「解穢酒」的傳統，粵人的喪席有兩種，發葬時舉行法事的叫「解穢酒」，不做法事直接吃飯，則稱「英雄飯」，然而現在多已淆混，一般統稱解穢酒，顧名思義，有去憂除穢之意。舊時的解穢酒也是素席，有七道齋菜和一道糖水（甜品），而且要「倒吃」，先甜後鹹，從糖水吃起，象徵把後福留給子孫。

然而就像豆腐飯，現代的解穢酒也成了葷席，通常都在酒樓舉行，菜色與一般飲讌相若，照樣鮑參刺肚，只是數量較少，做法亦較簡淡。例如前些年病逝的香港富商霍英東，財勢雄厚，又是政界大老，喪禮規格崇高，然其解穢酒亦遵古例，僅一甜七鹹。

這頓飯很有代表性，我忍不住要抄抄菜單：糖水是陳皮紅豆沙，主菜是紅皮赤壯燒肉，東江油鹽雞，紅燒竹蓀雞絲翅，清蒸海青斑，翡翠帶子鮮蝦球，日本菇燴鮮腐竹，鼎湖羅漢上素等七樣，外加絲苗白飯。

不過珠三角食俗互異，潮州人和順德人的吃食不一樣，住在港島的人家，和住在新界的村民，解穢酒也迥然大異，但我並沒吃過。朋友黃芳田住在圍村，她熱心幫我打聽，說是村中發喪，多半還是煮「盆菜」，由鄰里街坊幫手烹製。也有在餐館辦的，菜式亦為七道，須有一齋一肉，但沒甜品，當然也不「倒吃」。

盆菜是新界的鄉土菜，油雞燒鴨肥肉大蝦，層疊排砌齊集一盆，不管婚喪滿月，逢年過節，祭祠拜山，總之有什麼大事，鄉民都吃盆菜。近年來，盆菜之風吹遍全港，從端午中秋到冬至除夕，不管什麼節日，香港人都吃盆菜，食物的意涵象徵，已漸泯沒不彰。

而不論是豆腐飯、三角肉、泡飯或者解穢酒，漢人喪宴的菜式，通常是奇數，三五七九不等，和講究偶數，有物必雙的喜宴形成對比，也許象徵生命的盡頭，任誰都得形單影隻，孤身上路。

煮蛋與烤鳥

對於死亡，每個民族都有不同看法，葬禮的吃食也因此而異。猶太裔的朋友力奧告訴我，葬禮之後，他們會吃煮蛋、貝果、炸薯球等圓形食物，象徵生命循環重生。有的會準備煮蛋和鹽，分發給來賓親友，象徵新生與不朽。

而喪事之後，家屬要在家默哀七天，不外出不煮食不剃鬚，稱為「息瓦」（Shiva），親友會帶食物來慰唁。不過力奧說，這傳統也逐漸動搖，現在的「息瓦」已經縮到三至五天，甚至只有一天。

其他朋友也熱心相告：比利時人的葬禮，要吃一種硬脆的「聖靈麵包」。波蘭人的葬禮，要吃豌豆、蜂蜜和罌粟子煮成的麵條。羅馬尼亞人則吃鮮果和甜食，以及一種圓圈形的麵包，大約也寓意生命循環。老一輩的英國人吃西洋李（prune），因其皮色深黑，宜於喪奠。

西方葬禮尚輕簡，不開盛宴，僅以沙拉、冷肉、三明治等茶食款客。

但更早的中古世紀，英格蘭貴族的葬禮要吃大餐，我看過一本書，提到十五世紀初期巴斯（Bath）主教的喪宴，菜色豪奢珍奇，但也十分怪異。菜單分兩種，教士吃魚，一般賓客吃肉，兩邊都有十幾道，洋洋大觀。

魚桌那邊有烤鯡魚、煮鰨沙、鮭魚凍、鱈魚尾、比目魚、黑鱈、大螃蟹，以及鰻魚配番紅花醬等菜式。肉桌則吃芥末豬排、烤蹄兔、烤閹雞、烤天鵝、烤雉雞、烤蒼鷺、烤雲雀、烤山鷸……，還有天鵝頸子做的餡餅。菜單上沒什麼牛羊肉，卻有十幾種飛禽，天啊，他們真愛吃鳥。

現在當然沒有了，住在英國時，我參加過幾次葬禮，通常禮成後就散去，偶而才開茶會，吃沙拉、冷肉和三明治等輕食，像吉兒的葬禮。吉兒是李察教授的太太，說起來是師母，但我並不認識，她因急病猝逝，李察非常傷慟，系上的師生都去慰唁，那是我第一次參加西方葬禮，很受震撼。

牧師祝禱後，請親友自由上台致辭，有人誇吉兒的園藝做得好，有人抱來吉兒燒製的陶器，也有人講吉兒的糊塗事，引得哄堂大笑。李察的女兒則唸了一段詩，是吉兒隨手寫在購物單上，被她無意找到的。李察沒說話，默默坐下彈琴，蕭邦小夜曲，茶花女詠歎調，平克弗洛依的《月之暗面》，都是吉兒喜歡的曲子；最後那首，竟是電視肥皂劇《左鄰右舍》（Neighbours）的片頭音樂，讓大家笑不可抑。

有人悄悄拭淚，但沒人嚎啕，沒人崩潰，人人的嘴角都含著笑，連李察深鎖的眉心，都有種溫柔的喜悅。儀式結束後，大家一邊閒聊，一邊吃著鬆餅、肉桂捲、燻鮭魚、柴郡乾酪、蛋黃檸檬醬、牛肉腰子派，也都是吉兒喜歡吃的東西。她的口味、感受與個性，充滿在空氣中，好像還在呼吸走動。

在葬禮上，我才認識吉兒，但那印象如此深刻，已經十多年了，至今還歷歷在目。我因而知道，音容會磨滅，形體會死亡，但人性的風格卻會留下來，和音樂、陶藝、詩歌，以及各色香氣口感，永存在記憶的長廊。

艾之味

上海的法國梧桐正在抽芽，福州路的老店貼出字條，「青糰即日上市」，一隻隻灰綠的大麻糬，肥滿油亮，我買了隻邊走邊吃，弄得滿手狼藉，指尖點點綠漬，像梧桐的芽眼。

浦東的超市也有青糰，現做現賣，幾個小姑娘戴著膠手套，揪下一塊蒸熟的豔綠粉糰，包入豆沙，壓成鈍球形。小姑娘還用果汁機示範，笑嘻嘻扔進一把小麥草，一束銀絲芥，嘩嘩打出深濃的綠汁，以示青色真實無欺。

這招好，空氣瀰漫著生草香，突然充滿田野氣息，引來顧客聚集圍觀，紛紛現買現吃，滿口鮮青甜軟。但那青翠實在太誇張，像遊樂場新髹的綠漆，又濕又辣，看得人眼花頭暈，怵目驚心。

味道還不錯，入嘴熱烈纏綿，但一陣鮮腥過後，忽然就落空了，打了就跑匆忙完事，沒什麼可以回味。還是福州路的灰綠好些，他們摻了些艾草，有種寬柔的清香，並非一味草莽。

三四月間，江浙人有吃青糰的習俗，把艾草揉進糯米糰，包以紅豆或棗泥，是清明與寒食的應節小吃。還有艾糕和艾餃，我在紹興吃過艾餃，小如彈丸，皮色黛鬱深青，微帶辛香，內餡則是極甜的芝麻白糖，外苦內甜，濃稠梗喉。紹興吃食就是這麼奇特，臭的臭，甜的甜，鮮明執拗。

艾是一種菊科野草，散生於籬下田間，枝葉有濃馥的菊花味，蘊含淡淡藥氣，聞來清脾沁心，嚼之略帶苦意，北方人把它當成藥，南方人則用來做糕。灸藥要用老艾，蒸糕宜採少艾——「青春少艾」這成語，就是從艾草嫩葉而來，《孟子》不就說過，「知好色，則慕少艾」，足證其美，也可見採艾歷史久遠。

艾草是多年生，秋冬蕭條，春來抽發新葉，清嫩秀美，令人見綠心喜，因而採以入饌，吃下草香，領受春味。清明祭墓，廣東客家人做艾粢和艾角，台灣客家人蒸青粄與艾粄，閩南人則做草仔粿，和江浙的青糰艾餃異曲同工，可能也源出同流。

日本的草餅（kusamochi）也是艾草做的，原先是春分時節的吃食，後來普及四季，就像我們的草仔粿，從節令糕點變成日常小吃。日文的艾草叫「蓬」（yomogi），是春日的野味，除了做草餅，還可混入飯中同炊，煮出暗綠清香的「蓬飯」。

以往，野生的艾草四處可見，現在很少了。

草餅源於中國南方，前身即是艾糕青糰，然而和果子雅潔細緻，後來居上，滋味更勝一籌。東京有家「志滿草餅」，是明治初年的老鋪，迄今一百多年，依然恪守古法，用新鮮艾草揉製，做出來腴軟豐盈，蒼翠芳馨，是我吃過最美味的草餅，那艾香淡苦微辛，幽沁不盡，依稀還在唇間縈繞。

這果子鋪在隅田川畔，昔時的河岸多荒地，遍生艾草，可以就地取材，採以入饌；現代寸土寸金，他們早已另闢園圃，自種艾草。擇善固執不容易，一般果鋪多用菜汁充數，早在半世紀前，周作人就抱怨過，「街上糕店製造艾糕艾餃，偷工減料，不用艾葉，只在粉中加入油菜的汁，染得碧綠的，中看不中吃。」

如今樓宇林立，野地稀零，艾草就更難找了，除了藥園，也沒人費事栽植，反正可用菜汁、茶粉、色素，以及天知道是什麼的東西矇混，看來還更翠綠美艷。

然而古人食艾，非僅為其綠意香氣，更因為它能祛毒鎮邪，去瘟避疫，防範換季時乍暖還寒，忽濕忽乾，令人失調生病的各種「邪症」。除了冬春之交，春夏之交的端午，也有食艾之風，洛陽人飲艾酒以防暑熱，韓國人吃艾草粥和艾草汁以健腸胃，台灣人則在門楣懸掛榕樹和艾草。小時候我問媽媽，為什麼要掛草？她總是回答，「插艾卡勇健啦」，但除了諧音，艾草和勇健有什麼相干呢？

多年之後我才知道，插艾象徵避毒健身，宗懍的《荊楚歲時記》說，「採艾以為人，懸於門戶上，以禳毒氣」，這習俗可以上溯到南北朝，可說是楚地的古風餘緒，綿延流傳一兩千年，遍及中國和東亞。

艾是古老的藥草，葉背的白毛叫艾絨，很早即用於中醫針灸，《詩經》裡的「采彼艾兮，一日不見，如三歲兮」，說的就是治病的老艾，要長三年才能採收，和《孟子》裡的少艾大相異趣。而且，燻灸用的是家艾（Artemisia argyi），和做艾糕草餅的野艾（Artemisia indica）不同，只是亞洲有數十種艾，經常互相混用。

不只是亞洲，歐洲也用艾，而且西方人也相信，艾草能避毒驅邪。古時的羅馬人在路邊種艾，好讓旅人把艾葉塞入腳底，解熱祛暑，減輕腳痛和疲勞，並防禦旅途的惡獸邪魔。

西方的艾草，還有性別的意義。艾草是女人的恩物，古時用於調經與分娩，艾的屬名來自希臘女神阿特敏思（Artemis），她是阿波羅的妹妹，掌理狩獵、原野、產婆和草藥，也是月光和女性之神，艾草是女性的守護者，也是醫療的象徵。中古時代的藥師，常把艾葉畫在門上，或在屋外遍植艾草，當成識別招牌，看病的人嗅著艾香，一路找去。

歐洲的艾和亞洲的不同，多半是粗壯的北艾（Artemisia vulgaris），莽莽蒼蒼，高及人腰，聚生於陰濕的林下水畔。以前住在倫敦時，我常開車去郊外的運河邊散步，河岸鶯飛草長，有大片鮮怒肥壯的艾叢，枝葉沿路擦拂，芬馥四溢，把行人的臂肘都染香了，引得我發饞，突然想吃草餅和草仔粿。有時真發了瘋，疾步回走拿車，開上一個多小時，殺去倫敦北郊的「八百伴」日本城，買草餅醫肚解饞。

至於草仔粿，就只能「肖想」了。草餅太甜軟，不如草仔粿彈牙有勁道，豆沙餡又太平板，不如草仔粿的餡料豐富多變，尤其是媽媽做的菜脯米草仔粿。

媽媽如果看到這片艾叢，一定會說，啊，好多艾啊，咱去挽來做草仔粿啦。

小時候住在木柵，景美溪邊多菜田野地，長著油嫩的過貓和烏籽菜（龍葵），我常跟著媽媽去採，回家用豆豉或薑絲清炒。春來艾草新綠，毛茸茸的莿殼

市場裡賣春菜的蘇州大娘。感覺裡，艾糕青糰就該出自這樣親切的人手中。

（鼠麴草）開著嫩黃小花，媽媽就說，咱去挽來做草仔粿啦。

做草仔粿可是大工程，除了要浸糯米、拿去磨成米漿，揹回家用重物壓實後揉成粿糰，還要炒菜脯米和做粿草。粿草做工更繁，摘回來的艾草洗淨後，先要燙煮，撈出來用冷水不斷沖淘，去蕪存菁洗出纖維，然後擠乾。一大鍋綠葉，最後縮成一小團，這團青鬱的綠球就是粿草，菊馨撲鼻，飽含艾的神髓精魂。

粿草要用手工挑開，把細長虯結的纖維，一絲絲拆離剝散，揉進粿糰才能柔潤可口，勻稱美觀。這當然很花時間，但那時代別的沒有，就是有空地，有空閒，時間像剝散的粿草，悠長，芳香，而且鬆軟。

後來木柵逐漸開發，景美溪畔蓋起高樓，空地和野菜愈來愈少。然而，在空地消失之前，媽媽已沒空做草仔粿，端午也懶得插艾，連人影都少見。她迷上宗教，成了狂熱信徒，一心想著彼世，不理俗世，無暇也無心照料家庭，對孩子冷漠疏離。

每次吃草餅，我總想到八歲那年，我們母女倆蹲在廚房剝粿草，嘰嘰咕咕，有說有笑，春日遲遲，艾香和菜脯的鹹香，被春陽曬得甜暖。那是我和媽媽最後一次去採艾草。

成年之後，我到過很多地方，看過各種艾草，知道這植物不只可做糕點，還有悠遠的歷史文化，只是時移事易，如今已沒落不彰。野地消失了，年頭加速了，時間緊縮成硬邦邦的一團，不容挑鬆與舒展。

媽媽也已離世不在了，愛意蕩然，艾香漸杳，絲絲幽微的苦味，從我的舌根，一路滲到心底。

後記

汪老先生有塊地

汪老先生有塊地，咿呀咿呀唷，汪老太太去種菜，哎呀哎呀叫。兩年前搬到新家，在花園闢出菜田，開始做農婦，同時又接了人間的專欄，於是揮鋤執筆，左右開弓，土耕筆耕一把抓，晚來讀書朝鋤瓜。春韭秋茄，四季流轉。

這一年可夠嗆。初學為稼，灰頭土臉，汪老先生這地劣，貧瘠無肉，磚石累累，害汪老太胼手胝足，勞筋傷骨，搞到要去做理療，痛得哇哇叫。清石掘土，落肥下補，好不容易有些收成，病魔又來搗蛋。病房田間，生活行腳，林林總總，遂成此書。

這是第六本散文，也是第一本雜文。有識之士或要見怪：以往各書，皆有主旨專題，此書何以用情不專，拉雜成章？

答曰，是呀是呀，我因才疏學淺，是以謹小慎微，趑趄不前，只敢流連安全地帶，抒寫爛熟之事，不敢隨意跨欄越界。久之畫地自限，積鬱不爽，遂立志伸展筆意，描摹諸事，冒險走出 comfort zone，不開專門店，搞起大賣場。捨精求雜，自曝淺短（尤其

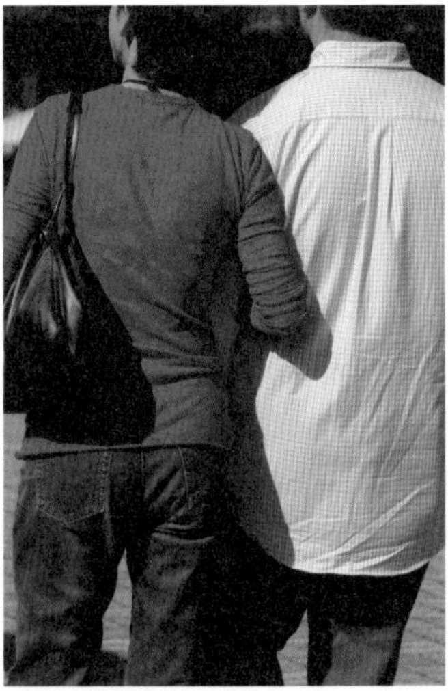

絮絮叨叨，大講自身經歷），下場如何不可知，但自己高興就是。

此書歷時七年，主要集結「人間」的兩個專欄，前幾輯出於「三少四壯」（2010-2011），末一輯取自「人在新江湖」（2007-2008），文旨與風格也大相異趣。

以前還在迷飲食，著意社會文化，孜孜所思，夸夸其談，寫法則多長句和修辭，形容詞堆砌披掛，抓到個意象，非濃皴重染，趕盡殺絕不可，粵語謂之「畫公仔畫出腸」。而今年事漸長，山光入戶，空翠潑衣，文字亦如口味，惟喜簡潔清淡，素雅餘芳。況且，我老想「洗底」，擺脫「美食作家」的妄名，不以色味勾魂媚人，洗妝從良，寫點別的試試看。

隔了七年才出書，不是慢工出細活，實在是「頑顢」又懶惰。習閒成懶懶成癡，賞花做菜，爬山旅行，生活中有太多好玩的，都比寫作舒坦。唉，誰叫我只會一種寫作法，就是「磨」，鐵匠般敲打淬礪，鍛字煉句，鐵杵磨針，不知磨到哪一天，才能像放翁說的，「夜來一笑寒燈下，始是金丹換骨時」？

最後，要逐個鞠躬道謝。感謝楊澤，說也奇怪，我只怕他，他來拍門索稿，我就不敢「假肖」，懶蟲全嚇跑了，趕緊抖擻幹活。感謝簡白，他坐鎮人間，給我不少提點。感謝陳映霞，我寫完一篇，總先寄給她看，她很快就回我一篇讀後感，火眼金睛，濃圈密點，洋洋灑灑幾十篇，足可另編一書。至於她對我的好，一本書都寫不完。

也感謝許悔之、楊索、王曙芳、張小虹、成令方、蔣行之、傅立萃、黃寶蓮、聞人悅閱等好友，創作與生命之路，幸有他們隔水呼渡，打氣扶持。

摩娑此書，更感激傅月庵與楊雅棠，他倆鬼斧神工，把這長短參差的「醜奴兒」，變成骨肉勻亭的「念奴嬌」。月庵才學淹雅，筆路雄健揮灑，是我望塵莫及的作家，竟肯以大事小，執刀尺為我裁嫁衣。雅棠謙謙君子，不僅是美術高手，更是隱世高人，常為我點撥迷津。二君拔刀相助，恩義可感，三個老友合力做書，情誼更加可貴。

走筆至此，汪浩探頭進來：「也要謝我呀，我給你買塊地種菜耶。」可是你這地……哎好吧，那也謝謝他。對了，還有謝忠道，跟他是多年網友，素未謀面，他看了《桃子果醬》，從巴黎寄來諾曼地桃子醬，情味醇濃，銘感難忘。

有鹿文化全書系，照顧您的身心靈

看世界的方法

001	美的曙光	蔣勳｜著	定價350元
002	用美拚經濟	有鹿文化｜編撰	定價99元
003	蒙娜麗莎微笑的嘴角	林文月｜著	定價280元
004	愛吃鬼的華麗冒險	李昂｜著	定價320元
005	身體褶學	張小虹｜著	定價280元
006	人生的旅行存摺	邱一新｜著	定價350元
007	飛魚・百合	廖鴻基｜著	定價280元
008	最絢麗的黃昏過後	林　雅行｜著	定價300元
009	一閃一閃亮晶晶	林正盛　等｜著	定價350元
010	般若心經的生活觀	星雲大師｜主講	定價270元
011	創作的型錄	許悔之｜著	定價280元
012	青山青史——連雅堂傳	林文月｜著	定價280元
013	資本主義有怪獸	張小虹｜著	定價280元
014	成就的祕訣：金剛經	星雲大師｜著	定價280元
015	笨蛋！問題在領導	南方朔｜著	定價280元
016	孤寂星球，熱鬧人間	呂政達｜著	定價280元
017	溼地 石化 島嶼想像	吳晟・吳明益｜主編	定價350元
018	愛情，考古學	薇薇夫人｜著	定價250元
019	各就各位	羅位育｜著	定價250元
020	如果漏讀人性，成功總是差一步	王溢嘉｜著	定價280元
021	如果沒有女人，男人何必穿褲子	王溢嘉｜著	定價280元
022	人海慈航：怎樣知道有觀世音菩薩	星雲大師｜著	定價350元
023	漏網新魚：一波波航向海的寧靜	廖鴻基｜著	定價320元
024	因為有好心——一位平民律師的幸福密碼	李伸一｜著	定價320元
025	快樂，自信，做妖精——我從肚皮舞改變的人生	廖之韻｜著	定價270元
026	此生——肉身覺醒	蔣勳｜著	定價380元
027	別白忙了，兑現創意才是王道！	王溢嘉｜著	定價320元
028	小地方：一個人流浪，不必到遠方	賴鈺婷｜著	定價280元

生命有路

001	發現治癌大藥	趙中月・田原｜著	定價350元
002	子宮好，女人才好	田原｜著	定價320元

乘著聲音的翅膀

001	孤獨六講有聲書	蔣勳｜著	定價750元

解生命的題

001	靈魂的自由	伊能靜｜著	定價280元

002	時候，博盃就對了！	丁家福 等｜著	定價300元

健康養生策略

001	拒絕感流行——新舊流感都不怕的防疫養生書	盛竹玲｜著	定價168元

看事物的愉悅

001	器・手作	ZAMAMA金屬物件工作室｜著	定價260元
002	成語迷宮	黃慶桓｜著	定價200元
003	蛇女蕾米雅	濟慈｜著・葉欣｜譯	定價220元
004	唱片收藏面面觀： 一個樂迷到收藏家的歷程	郭思蔚｜著	定價420元

（定價如有調整，依書後版權頁所列為準）

國家圖書館出版品預行編目(CIP)資料

種地書 / 蔡珠兒 .-- 初版 .-- 臺北市:
有鹿文化 , 2012.03
面;　公分 .--(看世界的方法;29)
ISBN 978-986-6281-31-0(平裝)
855　　101000547

看世界的方法 029
種地書

作者　蔡珠兒
攝影　蔡珠兒・張幼玫・傅月庵・楊雅棠
特約主編　林皎宏
美術設計　雅堂設計工作室

董事長　林明燕
副董事長　林良珀
藝術總監　黃寶萍
執行顧問　謝恩仁

總經理兼總編輯　許悔之
行銷企宣經理　孫正寰
主編　林煜幃
財務暨研發主任　李曙辛
美術編輯　洪于凱

策略顧問　黃惠美・郭旭原・郭孟君
顧問　林子敬・詹德茂・謝恩仁・林志隆
法律顧問　國際通商法律事務所／邵瓊慧律師

出版　有鹿文化事業有限公司
地址　台北市大安區濟南路三段 28 號 7 樓
電話　02-2772-7788
傳真　02-2711-2333
網址　http://www.uniqueroute.com
電子信箱　service@uniqueroute.com

總經銷　紅螞蟻圖書有限公司
地址　台北市內湖區舊宗路二段 121 巷 28 號 4 樓
電話　02-2795-3656
傳真　02-2795-4100
網址　http://www.e-redant.com

ISBN：978-986-6281-31-0
初版：2012 年 3 月
定價：320 元